いじめっ子の爆乳ガチ孕ませ制裁！

～ドSな女社長ママをドMオナホにしてやった♪～

著：春風栞
画：T-28
原作：Miel

オトナ文庫

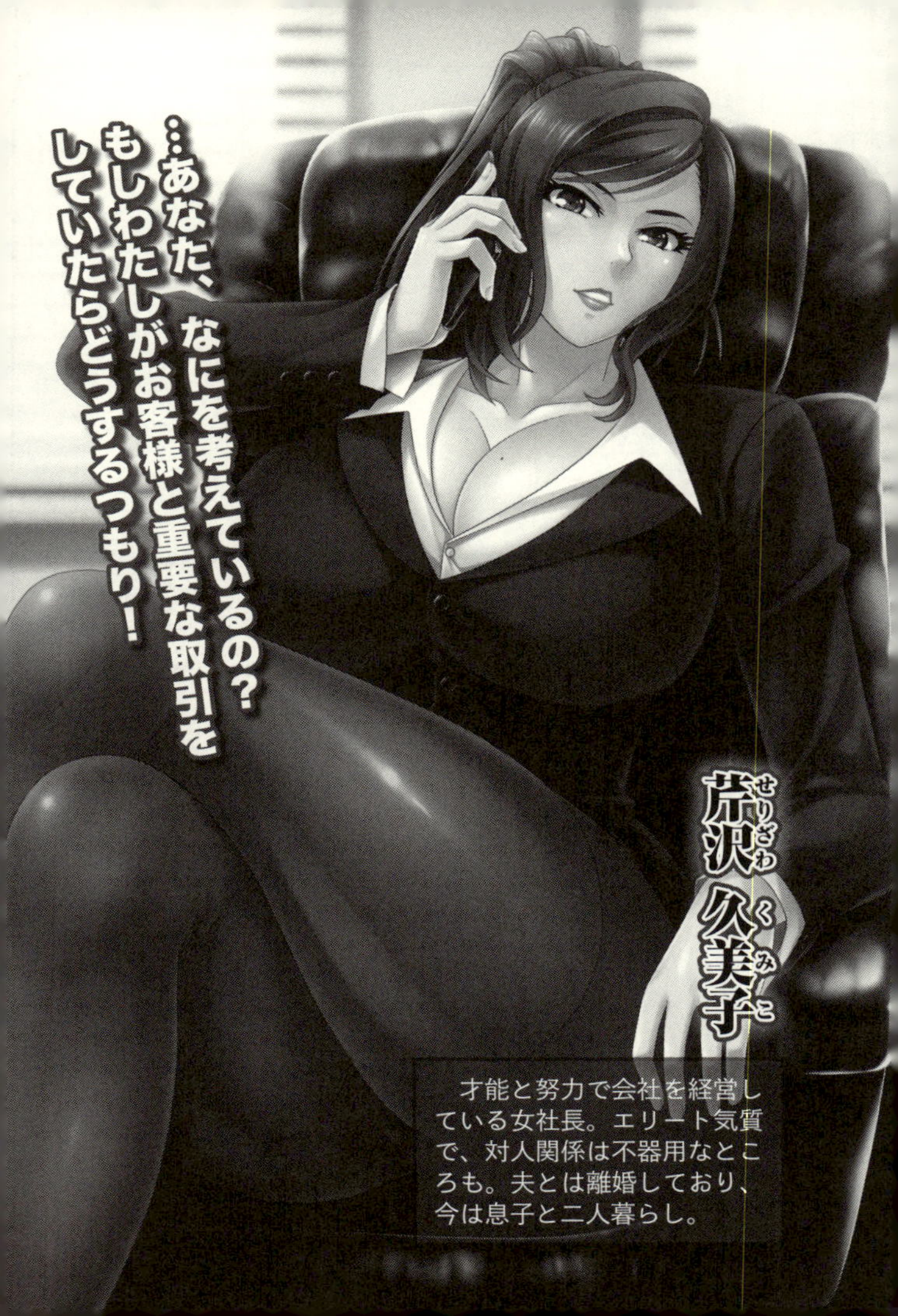
…あなた、なにを考えているの？
もしわたしがお客様と重要な取引を
していたらどうするつもり！
芹沢《せりざわ》 久美子《くみこ》
才能と努力で会社を経営している女社長。エリート気質で、対人関係は不器用なところも。夫とは離婚しており、今は息子と二人暮らし。

なんでわたしがあなたのような歳の若い子なんかに…っ！
露出狂
こ…こんなところぉもしサボってる営業の社員でも見つかったらぁ、身の破滅ぅ♪

プロローグ　いじめと怪我

新しい学年になって一か月も経たないうちに――僕は同級生からいじめを受けるようになった。

その主犯格は芹沢巧海《せりざわたくみ》。見た目は優等生なので先生の覚えもよくて、友人も多い。だが、人の見ていないところでは僕に暴力を振るったりお金をせびったりとやりたい放題だった。

巧海の家は母子家庭らしいけど、母親はこの地方を代表する企業の社長。かなり金持ちで、家も高級住宅街にある。だから、金銭的には不自由してないはずだけど――それなのに、ことあるごとに僕から金を巻きあげ、陰で暴力を振るってきた。

だが――いじめが始まって数か月が経過した、ある日のこと。

幸か不幸か、目立たなかったいじめが大事《おおごと》になった。

巧海によって、僕は大怪我をさせられたのだ。

特別教室に移動中、階段を降りているところで背後から押されたことで転げ落ちた僕は右足を骨折してしまい、一か月ほど入院したのだった。

これでもしかすると、いじめは終わるかもしれない――。

僕は、病院のベッドで療養《りょうよう》しながら淡い期待を抱いていた。
しかし、入院中に、巧海はもちろん母親も謝罪はおろか見舞いにもこなかった。

第一章　強制フェラ土下座中出し

入院生活が終わり、本日、僕は家に帰ってきた。

両親は共働きで忙しく、家にはいない。

「さて、どうするかな……」

荷物を置いたあとリビングで一息つきながら、思案する。

退院したといっても、右足にはギプスがはめられたままだ。あと数日でとれるといっても、不自由極まりない。

「とりあえず、お風呂でも入るか……」

入院中は身体を拭いてもらうことはあっても入浴はできなかった。

だから、体臭が少しキツい。特に股間部分はかなり汚れているだろう。

そんなふうに思っていたところで。

——ピンポーン♪

来客を告げるインターホンの音がした。

「ん、誰だろ……？」

僕は杖で身体を支えながら、玄関へ移動した。

「はい、どうぞ……。あ、ちょっと、いま怪我《けが》してるんでこちらから開けられないんで、そちらで開けていただけますか？」

僕がそう呼びかけると、ドアが控えめに開かれた。

現れたのは——妙齢《みょうれい》の女性だった。

気が強そうな眉と目つきだが、端正な顔立ち。うしろにキッチリとまとめられた髪は、いかにもできるキャリアウーマンといった感じだ。

そして、なによりもスタイルが抜群だった。はち切れんばかりの巨乳をスーツで抑えこんでいるのが妙に扇情的だ。

「あ、あの……なにか——」

戸惑いながらも尋ねたタイミングで——目の前の美熟女は頭を下げた。

「このたびは、大変申し訳ございませんでした」

まるで、テレビでたまにやっているような「不祥事で頭を下げる会社の偉い人」みたいだと思った。どこかビジネス的というか、心がこもってないというか……。

「あ、あの……その……いきなり謝られてもっ……あの、そもそも、どちら様ですか？」

事態が飲みこめないので、尋ねる。

すると——目の前の美熟女は僕にとって衝撃的なことを口にした。

「あぁ、ごめんなさい。わたしは芹沢久美子《くみこ》、芹沢巧海の母です」

「——っ！」

そう。この美熟女は——僕をいじめた芹沢巧海の母親だったのだ。

「……このたびは息子があなたに対して怪我をさせてしまったこと、大変申し訳なく思っているわ。入院することになるなんて、ごめんなさいね？　もちろん、入院と通院の費用はこちらで持たせてもらうわ」

「え、あ、はい……」

あらためて巧海の母——久美子から謝罪される。

怪我をした直後や入院中に謝罪がされなかったことでわだかまりはあったが、これで少しは和《やわ》らいだ。

でも——すぐに僕の心は裏切られることになる。

「それでは、次に話を移させてもらうわ。いま問題なのは、周りにいた子たちから見れば巧海に否があるように見えることなのよ。だから、入院費のほかにお金を上乗せするから、これ以上巧海の不利になるようなことは言わないでくれるかしら？」

これは——つまり、金による懐柔。口封じだ。

どうやらこの件はあくまでも事故ということにして、巧海による傷害事件にしたくないらしい。

金で解決しようという姿勢に腹が立ってくる。

そもそも、巧海が僕をいじめていたことは一部のクラスメイトは知っているはずだ。

これを機に、この件が大事《おおごと》になればなるほど僕は巧海に復讐することができる。

つまり、千載一遇《せんざいいちぐう》のチャンスなのだ。

「ええと、その――」

こちらが巧海のイジメについて言おうとしたところで、まるで僕がしゃべることを封じるように久美子が話し始めた。

「余計なことで時間がかかるのはあなたも望んでないわよね？　それに進路が決まりそうなこの時期に面倒なことに巻きこまれるのは、お互い不利益だとわかるでしょう？　だから、今回の件はこれで納得してほしいと思うの」

有無を言わせず畳みこんでくるような久美子に、内心苛立つ。

さすが経営者をやっているだけあって、強引だ。

「それでどうかしら？　この不幸な事故に対していくらの慰謝料を支払えば納得してもらえるかしら？　一応これだけ用意してきたけど手付金としてはちょうどいいでしょう？」

そう言って久美子はスーツから分厚い封筒を差し出してきた。

「遠慮なく受け取ってもらってかまわないわ。もちろん、これがすべてだなんてせこいことは言わないから、まずは安心して受け取ってちょうだい。あなたの家はあまり裕福ではないのでしょう？　だから、この件でお金を稼げたと思えばいいでしょう？」

僕のみならず家庭まで侮辱《ぶじょく》するような物言いに、頭に血が昇った。

やっぱり、金持ちは傲慢《ごうまん》で自分勝手だ。

「ご両親にもあとでお金を渡すから、これはあなたがもらってしまっていいの。その代わり、巧海の不利になるようなことは絶対に言わないでね？」

あまりにもこちらが舐められているようだった。

確かにうちは裕福じゃないけど——金で懐柔できると思われるのは心外だ。

「……ねえ、おばさん、巧海は僕をイジメて怪我させたこと……なんて言ってるの？」

お金を受け取らずに質問すると、久美子の眉間《みけん》に皺が寄った。

だが、すぐに作り笑いを浮かべて、猫なで声で答えてくる。

「……イジメではないでしょう？　あれは不幸な事故だったはずよ？　よ〜く思い出してちょうだい。ここであなたが勝手なことを言うと、みんなに迷惑がかかるのよ？」

「……おばさんは、そういうことにしたいんでしょう？　イジメという事実を隠蔽《いんぺい》して、あくまでも今回の件を事故として金で解決しようと言うわけなんですよね？」

「……いいえ、あれは事故のはずよ？　あくまでも事実関係について争うというのなら、わたしの会社の優秀な弁護士を使ってもいいのよ？　そうなると、困るのはあなたのほうだけど？」

「へぇ？　金が効かないとなったら脅しですか？　裁判で争うつもりなら、僕はかまわないですよ？　巧海の奴、どこかの有名私立に推薦が決まりそうなんですよね？　裁判沙汰になったら、本当に困るのはどっちなんですかね？」

「あ、あなたっ……！　くっ……だ、だからあれは不幸な事故だと言っているでしょう？お金もこのケースではありえないくらいの金額を払ってあげるわ。もっと上乗せしてあげるから。だから、わかるでしょう？　意地を張っても損するだけなのよ？」

声を荒らげそうなところを抑えて、久美子は必死に僕を説得しようとする。

興奮して汗ばんだのか、鼻腔をくすぐる香水のにおいが強くなった。

そして、前のめりになったことで――さらに巨乳が強調され、つい、そちらに目がいってしまう。だが、こちらの説得に夢中な久美子は僕の視線に気がつかない。この件を穏便にすませるために必死だ。

そこで、僕の脳裏に邪《よこしま》な考えが浮かんだ。

――そうだ。ここまで必死なら……多少の無理は聞いてくれるんじゃないか？

家があまり裕福ではないのは確かだけれど、貧窮《ひんきゅう》しているというほどではない。

いまの僕にとっては、お金よりももっと切実なものがある。

「ねぇ、おばさん……お金よりもさ、入院中に汚くなった僕の身体の世話をしてもらうっていうのはどうかなぁ？　……ほら、ずっと風呂にも入れなかったし」

「……えっ？　それは、どういう意味かしら？」

話が思いもしない方向にいったのだろう──久美子は怪訝《けげん》な表情になる。

「だって、チンカスだらけで汚いでしょう？」

そこで僕は──おもむろにズボンから勃起した肉棒を取り出した。

「なっ⁉　あなた、なにをしてるのっ⁉　しまいなさいっ！」

突然の肉棒露出に、久美子はうろたえる。

そんな反応に、僕は興奮していった。

「……ふふっ、このチンカスまみれのチンポをおばさんのお口できれいにしてくれたら、僕も少しは考えられるかなぁ～って思うんですよねぇ？」

どうやら入院中ずっとオナニーができなかったことで、僕の理性の箍《たが》は外れてしまったらしい。あとは、いじめられてきた鬱屈が妙な爆発のしかたをしてしまったのかもしれない。

僕は目の前の美熟女が戸惑う姿に気をよくしながら、肉棒を突き出す。

「……ほら、舐めてくださいよ。僕はお金よりも、おばさんにしゃぶってもらうほうがいいです」

興奮に比例するように肉棒は勝手に硬さと太さを増していった。

それを見て、久美子は息を呑む。

「っ……！　こ、こんなに……？」

僕の肉棒は同年代と比べて大きかった。

トイレでクラスメイトのモノが見えることはあるが、いずれも僕のサイズには及ばない。

特に巧海なんかは、かなり小さめだった。

久美子は僕の肉棒をじっと見たまま、顔を赤らめていく。

「ふふ……フェラチオをするのがいやだというなら、交渉は決裂ですよ？」

「……くっ⁉　ほ、本気なの？　悪い冗談ならやめてちょうだい！」

「くく……僕は本気ですよ。ほら、してくださいよ、そうじゃないと、そのまま帰ってもらいますよ？」

僕の言葉にあらためて驚愕の表情を浮かべ――久美子は悩むような素振りを見せた。

やがて――、

「わ、わかったわっ……！　す、すればいいんでしょうっ！」

久美子は吐き捨てるように言うと、僕のチンポの前にひざまずいた。

だが、やはり自分の息子と同じ年齢のチンポを咥えることに抵抗があるのか、そこで動きがとまった。

「ほら……早くしてくださいよ。僕はさっさと溜まった精液を出したいんだ！」

「っ……わ、わかったわよ……！　す、すればいいのでしょうっ！」

「それじゃあ、さっさと咥えてくださいよ！」

僕は興奮のままに久美子の頭を両手で掴んで、肉棒を唇に押しつけた。

「んむぐっ⁉　な、なんて失礼な子なのっ……！　んぶっ、こんなものを無理矢理っ！」

「無理矢理じゃないでしょ？　自分でするって言ったんだから。ほら、フェラチオするっていうんなら、ちゃんとしてくださいよ。誠意をこめて！」

「い、言われないでもわかってるわよっ！　くっ……な、なんでわたしが………んっ、れろぉっ」

久美子は憤《いきどお》りながらも、チンポに舌を伸ばして亀頭を舐め始めた。

初めて肉棒に絡みついた女の舌は、温かくてヌメヌメして最高の感触だ。

エロ動画で見ていつか味わいたいと思っていたが……まさか、ここまでとは。

「ふぉおっ、これがフェラなのかっ！　くふぅ、気持ちいいっ！」

「んるっ……む、息子と同じ歳なのに、なんてませた子なのっ……！　ふぐっ、で、でもぉ、これはあくまできれいにしているだけだわっ……ちゅるる、じゅるっ！」

言い訳をしながらも、久美子は亀頭に熱心に舌を這わせていく。

でも、肝心のチンカスはカリ首にこびりついたままだ。

「あぁ、ほらぁ、おばさんっ！　カリ首もちゃんときれいにしてよ！　チンカス避けて舐めて誤魔化そうとしてもだめだからね！」

「んるっ、わ、わかったわよ……な、舐めればいいんでしょう！　……んっ、んれろぉ、んぐふぅっ！　あぁ、なんてにおいと味なのっ、んぶあ、こ、こんな汚いものをわたしが舌で掃除するなんてっ……んぶじゅる！」

久美子は涙目になりながら、チンカスに舌を這わせて口内へと運んでいく。

美熟女のそんな表情を見せられると、嗜虐心《しぎゃくしん》が煽られてしょうがない。

「くははっ！　汚いから掃除を頼んだんでしょ？　ほら、どうして僕はこんなにチンカスが溜まったのかなぁ〜？　入院したのは誰のせいかなぁ〜？」

「んぶぐっ……、わ、わかってるわよっ！　ちゃんと掃除するから、巧海のことは許してちょうだいっ！　んちゅるぅ、じゅず、れる、れるぅっ！」

どうやら久美子にとって巧海の存在は絶対的なものらしい。

そう思うと、僕の心にさらにドス黒い感情がこみあげてくる。

もっともっと久美子を乱暴したい、いじめたいという衝動が抑えられなくなってきた。

「なにが許してちょうだいだ！　謝罪の気持ちが足りないみたいですねぇ！」

怒りのまま久美子の頭を両手でガッチリ掴むと、オナホを使うように動かし始めた。

このままじゃ生ぬるい。制裁を加えねばならない。

「んぶぐっ⁉　んぉえっ⁉　や、やめなさいっ、んぶはっ！　じゅるぅ、んふぐぅ、そ、そんな奥までっ、突くなんてっ……んごぶぅうっ！」

「僕はいつも巧海からひどいことをされてたんだっ！　これぐらいのイラマチオ耐えてくださいよぉ！　ほらほらぁ！」

興奮のままに腰を振って、さらに激しく久美子の口を犯していく。

「んぐぶぅう！　んぶはぁあ！　だ、だからお掃除するから、ゆ、許してっ、んぶはっ、んぶぅうっ！　んぢゅぶぼぉっ！」

肉棒で久美子の口内を蹂躙することで、肉体的にも精神的も満たされていく。

これは――いわば復讐だ。

巧海の大事な母親を犯すことで、僕は自分の尊厳を取り戻すのだ！

そんなことを思いながら、久美子の頭をこちらの股間に向かって動かし――同時にこちらからも腰を振りまくって、イラマチオを楽しむ。

肉棒が激しく舐めしゃぶられ、舌や唾液で洗われる感覚は最高に気持ちがよかった。

「ふはぁ、んぶぅう、じゅるう、じゅるぅ！　ま、まだきれいにならないのっ……？　こ、こんな、もう口の中が汚い汁でいっぱいよっ……！　んぶふぅぅ、じゅるぅうっ！」

「一か月も風呂に入れず汚い汁になっちゃったのは誰のせいですかねぇ⁉　ほらほらぁ、まだまだ謝罪の気持ちが足らないいんじゃないかなぁ！」

ゾクゾクしたものを感じながら、僕はさらに腰の動きを激しくしていった。

「んぐぉおえぇ！　んぶはぁ、やめっ、んぐぶぐぅ！　んぶはぁ、んむぢゅぐるっ！」

苦しむ久美子の表情を見ていると、もう射精することしか考えられなくなる。

そうだ。僕にはそれくらいする権利がある。

「くぅうああ！　出るっ、出すぞぉ！　チンカスだけじゃなくて、入院で溜まった精液も飲むんだ！　くぅううぁ！　出すよっ、おばさんっ！　あっぐぅうううううっ！」

「んぶほぉっ⁉　や、やめっ、精液を飲むとは言ってないわっ！　んぐぶぅう！　んぶぅうっ、ぶはぁ、ひぃい、やめっ、んぶごぉ！　んぐぶっぢゅ！　んぐぅううう！」

「うっあああああああああ！」

逃れようとする久美子の頭をがっちり掴みながら、僕は口内奥深くで射精した。

「んぶぐぅううううううう！　んぶうぅっ！　んぶふううううう〜〜〜っ！」

久美子はそのまま出された精液をその艶めかしい口で受けとめていく。

自分よりもずっと年上の美熟女に口内射精をするのは、なんともいえない背徳感があった。だからか、これまでこんなに出したことがないというくらい大量の精液が迸っていく。

「あああ！　気持ちいい！　口内射精、なんて気持ちいいんだ！」

「んぐぅう、んぅうう！　な、なんて量なのっ⁉　んぶぅう、あぁ、ああ、それに、すごく濃くてっ、絡みつくぅっ……んぶっ、あぶっ、んあぁあ、んぶあぁあっ……！」

あれだけ高圧的だった久美子は、すっかり困惑した表情で精液を口に溜めていた。

「ほらほらぁ、なに口に精液溜めてるんですかぁ？　さっさと僕の精液を飲みほしてください よぉっ！　口を閉じて、しっかり味わってくれないと僕は許しませんよぉ！」

催促するように腰を振ると、久美子は恨めしげに僕を見てきた。

「んぶぐっ！　なっ、なんてゲスな子なのっ……？　くっ……わ、わかったわよ……飲むわっ、飲めばいいのでしょうっ！　……んっ……んぐっ！　んぶごくっ！　あぁ、な、なんて味なのっ！　は、吐いてしまいそうだわっ……はぁああ……んぷぅっ！」

精液を飲みほした久美子は、肉棒から口を離し荒い息を吐いて呼吸を整える。

そんな姿を見ていると妙な征服感と達成感があった。

「ふっはぁ！　実にいい気持ちだっ！　くく、僕をいじめてた巧海もこんな気分だったのかなぁ？　どう思う、おばさん？」

「んぶぐぅ、あ、あれはっ、い、いじめではなくて、不幸な事故でしょうっ……？　約束どおりきれいにしたんだから、もう終わりよっ！」

「おやおやぁ～？　まだそんなこと言ってるんですかぁ？　僕は巧海から何か月もいじめられ続けたんですよぉ？　フェラだけで終わりとか、ありえないでしょ！」

「なっ!?　で、でも、こんなに精液を出して飲ませたのだから、いいでしょう!?」

「いいわけないじゃないですかぁ！　ほら、今度は全裸土下座してくださいよぉ！　本気で僕に謝る気持ちがあるならできるでしょう？」

　このままで終わりにしたくない僕は、さらに無理難題を吹っかける。

　それに、肉棒はまだ勃起していて、おさまりがつかなかった。

「ぜ、全裸土下座っ⁉」

「ええ、それぐらいできるでしょう？　巧海の将来に傷をつけたくないんでしょう？　だったら、いまここでしてくださいよ！　……まぁ、できないというならこれでおしまいということで。そこの封筒の現金は、フェラのぶんってことで持って帰っていいですから」

　そう言って、僕は久美子に背を向けようとする。

　すると、久美子は慌てて僕に声をかけた。

「ま、待って！　待ちなさい！　わかったわ！　すればいいんでしょうっ！」

「ふふっ、最初からそうすればいいんですよ」

　久美子は僕に背を向けるようにしながらも、脱衣を開始した。

　そこで、僕は思いついた。

　久美子の痴態を撮っておけば、このあともいろいろと役に立ちそうだ——と。

　僕は久美子がこちらを見てないのをいいことにスマホを取り出して動画モードに設定、下駄箱の上にそっと置いた。

　そして、全裸になった久美子はこちらに振り返り——勢いよく頭を下げた。

「……こ……このたびはっ……お許しくださいっ！　どうか忘れて、ちょうだい……！」

グラビアアイドルみたいな爆乳をブルンと揺らして土下座する久美子。

その姿に、あらためてゾクゾクしてしまう。

おっぱいも極上だが——土下座したことで突きあがったムチムチしたヒップも、なかなか扇情的だ。僕の肉棒は、再び強烈な硬さを取り戻していく。

「……これで、満足してもらえたかしら？　ここまですれば、文句ないわよね？」

こちらが裸体を熟視してなにも言わないことに業を煮やした久美子は、顔をあげて尋ねてきた。

「はぁ～……本当におばさんは、なってないですねぇ。土下座しておいて、自分からそんなこと言いますかぁ？　本当に誠意がこもってない謝罪だなぁ！」

激怒した僕は怪我した痛みも忘れて立ちあがり、ギプスのついた足で久美子の頭を踏みつけた。

「ぐっ⁉　わ、わたしの頭に足なんてっ……こんなマネ、許さないわ！」

「許さないわ、じゃないっ！　謝る立場なのはそっちだろうがぁ！」

自分でも感情に抑えが利かなくなって、つい乱暴な言葉づかいになってしまった。

そのままグリグリと頭を踏みしめる。

「ううっ……うぐっ……」

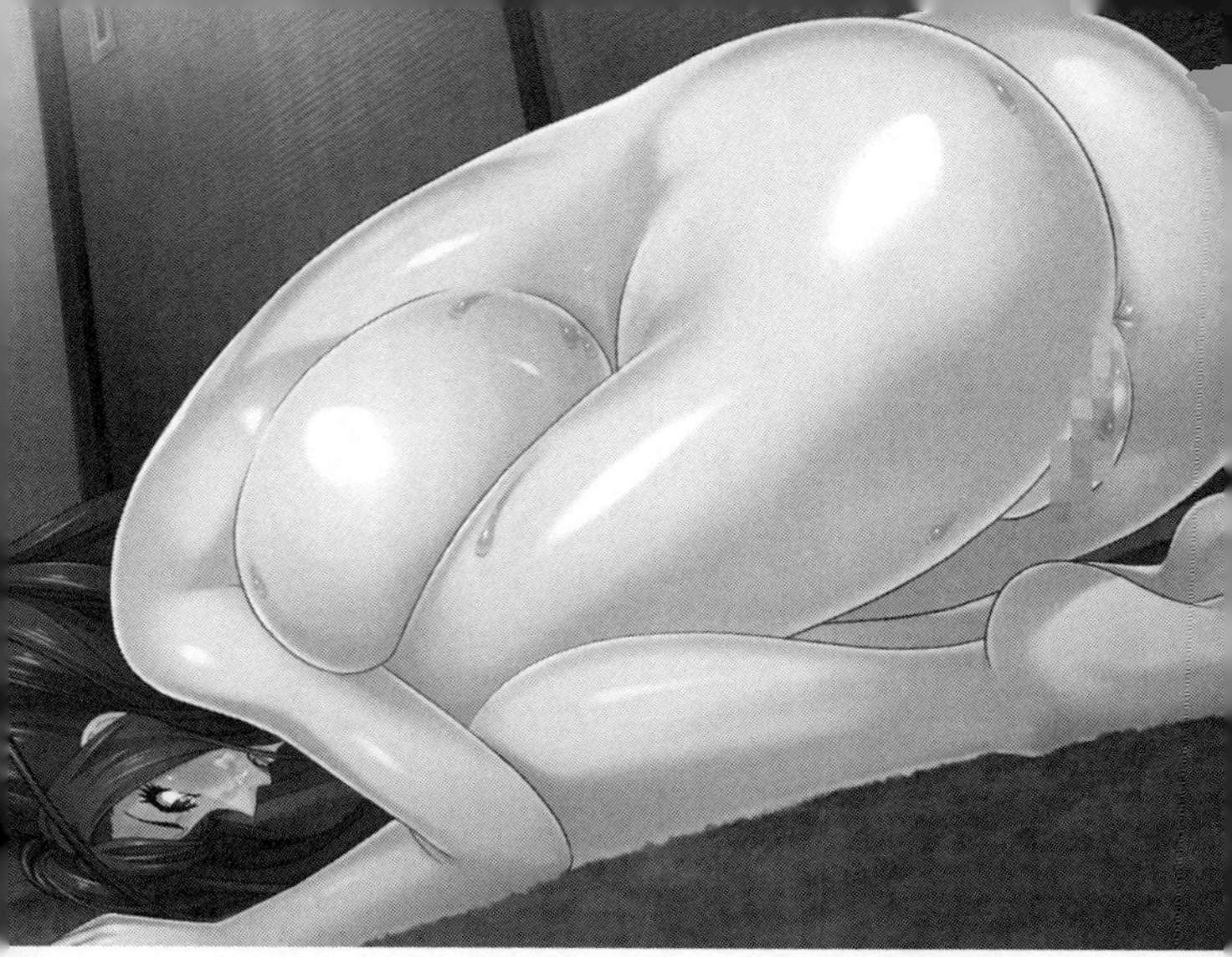

怒鳴った僕に恐怖を覚えたのか、久美子は黙った。

いくら年上といっても、男の僕が怖いらしい。

「くくっ……まぁ、つまらない言い争いをするのも時間の無駄だねぇ〜？　それじゃあ、次はババアのメス穴を使わせてもらおうかなぁ？」

「——っ!?　そ、それって、つまり……」

「ああ、おばさんのマンコで謝罪してもらおうって言うんだよぉ！　ほらぁ、僕のチンポ、ギンギンになったままでしょう？　それを鎮《しず》めるのが誠意ある対応じゃないかなぁ〜？」

そのまま見せつけるように肉棒を虚空に向かって突きあげる。

「うぅっ……ほ、本気なのっ……？」

「僕はいつだって本気ですよぉ！　ほらぁ、マンコで謝罪するのかどうか!?　断るなら、巧海の将来に傷がつくだけですけどねぇ！」

興奮しながら迫ると、久美子は怯えながらも迷う素振りを見せる。

やがて——なにかを覚悟するように大きく呼吸を整えて頭を下げた。

「……わ、わかったわっ……！　ど、どうかっ！　マンコで謝罪させてくださいっ！　わ、わたしのような年増女の穴でよければぱっ、どうか、ご存分に使ってくださいっ……！」

「はははははははぁっ！　そうかそうか！　少しは誠意が伝わってきたよぉ！　まあ、ギリギリ合格にしてあげようかなぁ！」

確かに年増のババアと言える年齢だろうけど——間違いなく久美子は美人だ。

芸能人といってもおかしくないほどの美貌に、グラビアアイドルのような爆乳というアンバランスさもよい。これなら、僕の童貞を捨ててやってもいいと思える。

「それじゃあ、さっそく使わせてもらおうかなぁ！」

僕は久美子の背後に回りこむと、花びらのようなピンク色のヒダの重なりに肉棒を触れさせた。

「歳をとると汚くなるのかと思ってたけど、けっこうきれいなマンコなんだねぇ？　動画や画像で見る若い女のマンコとあまり変わらないじゃないか？」

初めて見た生マンコに興奮しながら、亀頭と竿を割れ目にこすりつけていく。

汚いマンコだったたら興ざめだったが、これなら入れてやってもいい。

「うっ、くぅ……は、早く終わらせなさいっ……こ、こんなところっ……万が一誰かに見られたらっ……んくっ……ふぅふっぅぅっ……」

「終わらせなさいだぁ？　なに、また自分の立場を忘れたの？　いまの僕はマンコで謝罪されたから、しかたなく使ってやろうとしてるだけじゃないかっ。女社長だかなんだか知らないけど、ちょっと傲慢なんじゃないかなぁ？」

「うくっ、……も、申し訳ありませんっ……せ、誠心誠意、マンコで謝罪させていただきますのでっ、ど、どうか、ご存分にご使用くださいっ……」

プライドの高い美熟女を屈服させることに満足しながら、肉棒を割れ目にこすり続ける。

そうしているうちに、徐々に愛液が溢れ出てきた。

「あれぇ？　なんかすごい濡れ方してるよぉ？　まさか、自分の息子と同じ年齢のチンポでこすられて感じちゃってるのかなぁ～？」

「――っ！　そ、そんなはずないでしょうっ！　なんでわたしがあなたみたいな歳の若い子なんかにっ！」

久美子は慌てて否定するが、膣内からは愛液がますます溢れ出てくる。

「やれやれ、こんな愛液垂れ流しのババアマンコじゃ、中もユルユルかなぁ～？　どれ、確かめてみようかぁ！」

僕は愛液を押し戻すように、そのまま膣奥深く肉棒をぶちこんでみた。

不意打ち気味の挿入に、久美子は悲鳴をあげる。

「んっぐぅううぅうはぁああっ!? あぁああ! 入ってきてるぅう!? そ、そんなっ、息子と同じ年齢なのにぃ、なんでこんなに太いのっ……! んふぅ、んぐぅう……!」

「くっはあ、こ、これが生マンコかぁ! あったかくて、すごい締めつけだ! ユルユルじゃなくてよかったよぉ!」

食いついてくるマンコは、まさに飢えたババアといった感じだ。本人はごちゃごちゃ言ってるけど、久しぶりのチンポにマンコが悦んでいるのがわかった。

「……は、早く腰を動かして、終わらせるのよっ! こんな歳の差でセックスなんて、おかしいわ……! んんぅっ、はぁっはぁ……!」

「へぇえ、そんなにピストンしてほしいんだぁ? 久しぶりのセックスで興奮してるのかなぁ? 息が荒いよぉ? もしかして、おばさんってマゾ?」

調子に乗った僕は、言葉責めをしながら、腰を軽く揺さぶる。

「んんぅう! ま、マゾなんかじゃないわっ! それに興奮してなんか、ないわっ!」

「本当かなぁ~? マンコの中、すごい愛液でグチョグチョだよぉ? ほら、こうやって腰を動かすと、音が出ちゃうじゃないかぁ」

「んんぅ! んぁあ、こ、これは、違うわっ、む、息子と同じ年齢の子のチンポなんかで、か、感じるわけがっ……ないでしょうっ？　そんなもの、あなたの思いこみよっ」

「その往生際の悪さと、開き直り、巧海とそっくりだ！　やっぱりおばさんの教育が悪かったってことだねぇ！　ほら、それじゃあ、僕がしつけ直してあげるよっ！」

久美子のボリュームたっぷりのヒップを両手でガッチリ掴むと、憤りのままに猛烈な勢いで腰を使い始めた。

「ひぃい！　んほっ、んほぉおおおっ⁉　いきなりっ、そんな激しくぅう！　んひぃい、んぐぅうっ！　んぉおおおおほぉおっ！」

久美子は激しく叫びながら、膣内を激しく締めつけてくる。膣奥からは愛液がドバドバ溢れてきて、ピストンスピードが勝手にあがっていった。

「あぁ、なかなか使い心地がいいじゃないか！　熱くて、ヒダがこすれてチンポがすごい気持ちいい！」

「んぐほぉおおうっ⁉　ひぃいっ！　な、なんでっ、息子と同じ歳の子がぁっ、こんなすごい腰使いぃいい！　んおぉおほぉお！　う、うそっ、こんなにされたらぁ、た、耐えられなくなるぅ！　んおほぉお、おふぅう！　……おぉおっほおおおぉおおおおっ♪」

久美子はヒップをブルブル震わせて膣内を締めつけまくってきた。

どうやら、絶頂を迎えてしまったらしい。

「……おいおい、なに楽しんでるんですかぁ、このババア！　謝罪マンコなのにイクとか本気でマゾだねぇ！　僕がどれだけあんたのバカ息子のイジメに苦しんできたと思ってるんだ！」

苛立った僕は右手を振りあげ——思いっきり久美子のケツをぶっ叩いた。

「んぎっひぃいいいいっ!?　ひっ、ひぃいっ！　あ、あなたっ、なんで、その歳でこんなセックスできるのぉっ……！　こんなっ、お尻まで叩いてぇっ……！」

「巧海のようなガキと違って僕はエロに関する知識はいっぱいあるからねぇ！　それより

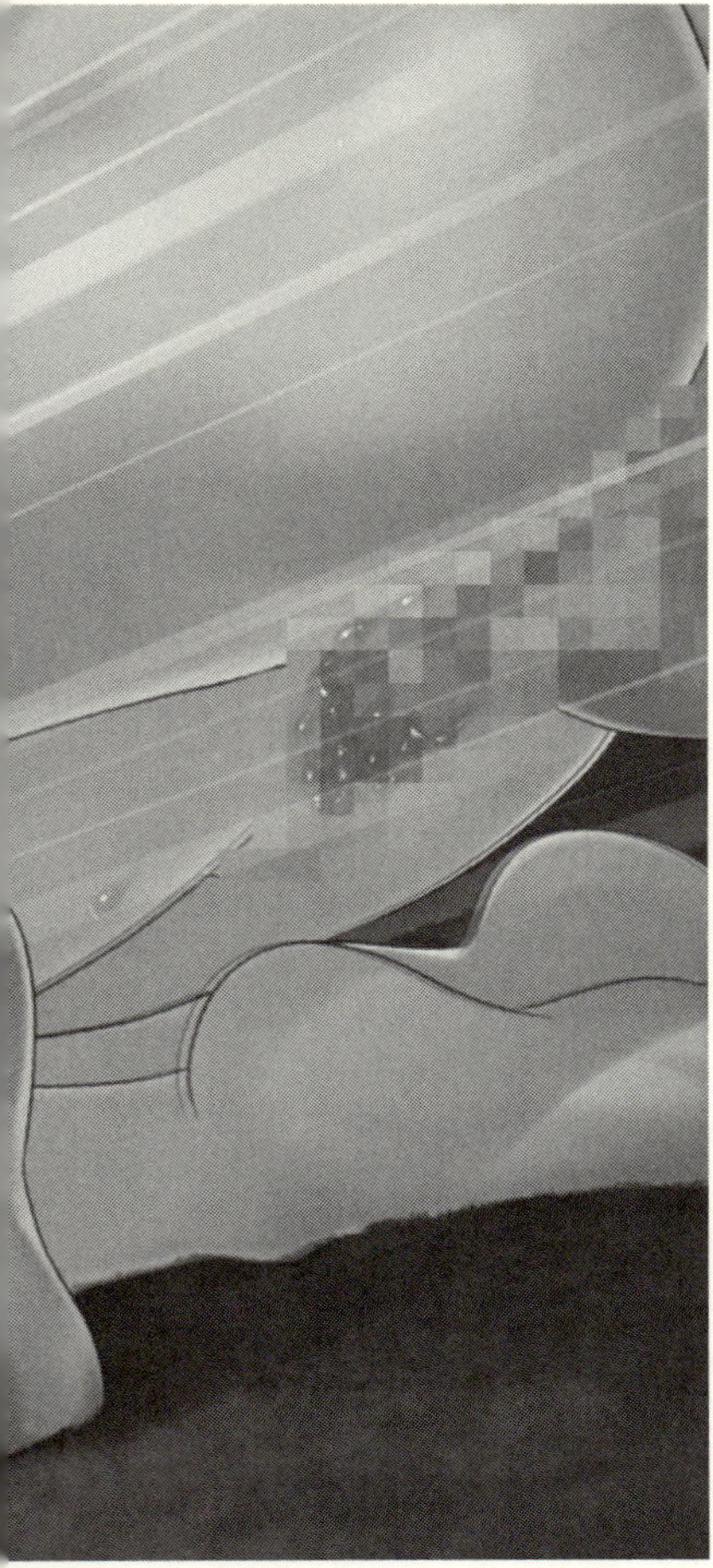

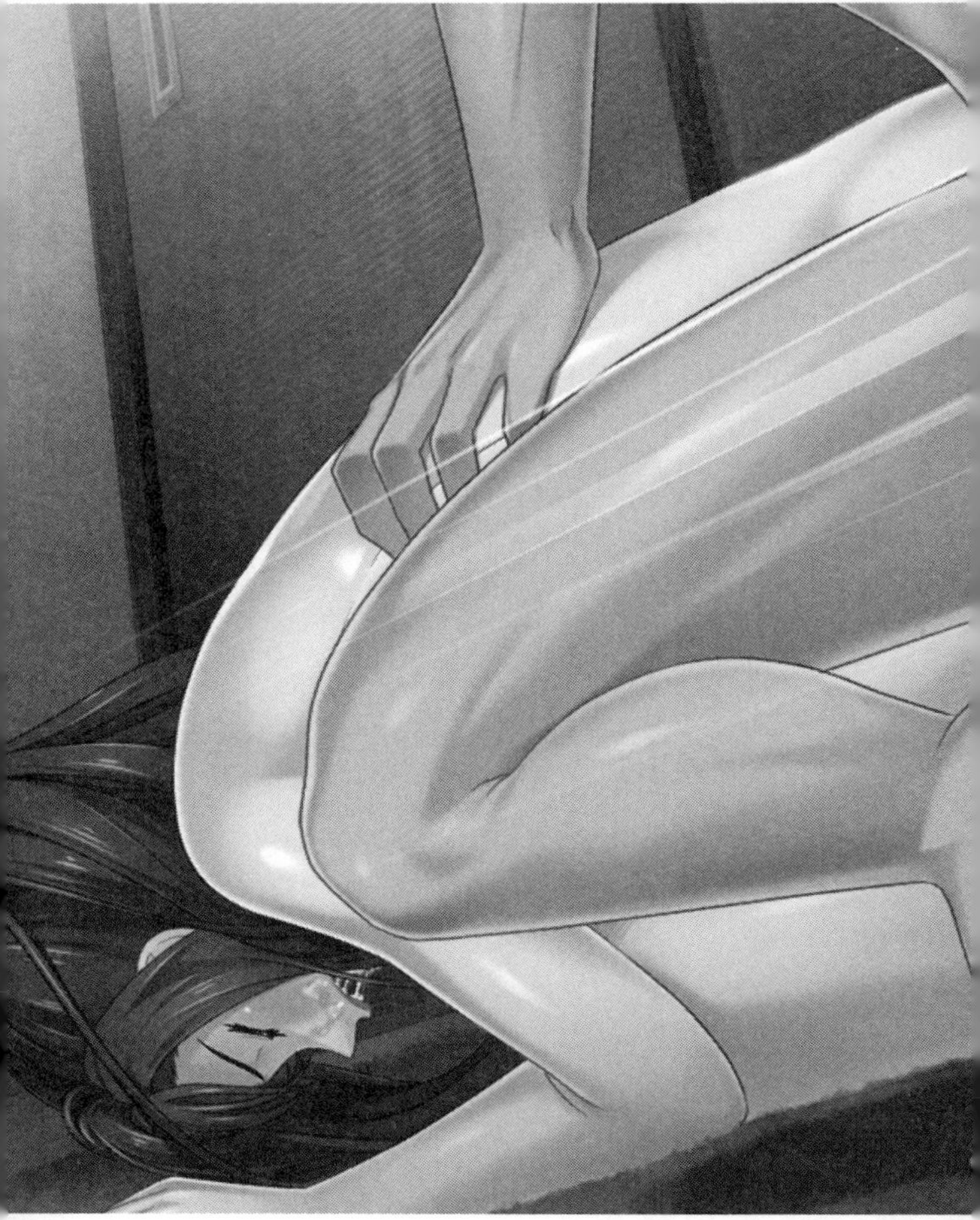

もケツを思いっきり叩かれて感じてるおばさんの飢え方のほうが問題あるんじゃないかなぁ？　ほらっ、ほらぁっ！」

僕はさらに平手打ちをしてから、熱い膣内に肉棒を乱暴にピストンしていく。

「んおぉほおっ、や、やめなさいっ、そんなに激しくチンポ突っこむのぉおおっ♪」

僕の肉棒で女が——しかも妙齢の美熟女が喘ぐ姿にこれまでにない充足感を覚えた。

しかも、その相手が——僕をいじめていた奴の母親というのが、また興奮を煽る。

「そんなエロい声で制止しても説得力ないなぁ！　ほらほらぁ！　僕のチンポが気持ちいいんでしょ！　息子と同じ年齢のチンポが気持ちいいんでしょおっ⁉」

興奮のままに抽送を繰り返すと、結合部から派手に愛液が飛び散る。

「んっおぉおおっ♪　ほおぉおぉおおっ！　だめぇ、これ以上はぁ♪　ひぃいい♪　もうだめぇ、許してぇええええ♪」

「ふはっ、僕も何回も巧海にそう言ったんだけどねぇ！　ババアの息子はちっとも許してくれなかったんだよねぇっ！　だから、僕もやめないよぉ！」

久美子とのセックスによって快楽を満たしながら同時に復讐をすることもできる。こんなに楽しいことはない。

「んひぃいっ！　ひぃいぃ♪　子宮にズンズン響くぅ♪　こんな年齢の子相手にぃ♪　あぁあ♪　感じちゃだめなのにぃいいい♪　こんなに繰り返されたら、おかしくなるぅう♪」

「ほらほら、おかしくなっていいよぉ！　おばさんの恥ずかしい姿もっと見せてよぉ！」

もう膣内はヤケドしそうなほど熱くなっていて愛液も洪水状態だ。

肉棒の先端もコリコリした部分にハマりこんで、すごく気持ちがいい。

だから、その部分をさらに刺激するように亀頭でこすりまくった。

「んひぎぃいいいっ♪　それっ、それぇ！　やめなさいぃいい♪　そんなに奥こすられたらぁああ♪　ひいい、だめっ、らめぇ♪　らめぇえええ♪」

「ふはは、ずいぶんと気持ちよさそうな声だねぇ！　そんなに僕のチンポが気持ちいいんだねぇ！　もっと弱いところ責めてあげるよぉおっ！」

「んぐぅうっ♪　いや、いやぁあああ♪　もうだめよぉ、おかしくなるぅ♪　もう本当に許してちょうだいぃいい♪」

「とかなんとか言って、マンコは催促するようにギュウギュウ締めつけてきてるんだけどねぇ！　おばさんは若いチンポに突きあげられて本当はうれしいんだよねぇ！」

「ひぃいい♪　ち、違うっ、違うわっ、絶対に違うぅうっ♪　んほおぉお♪　うれしいはずないぃ♪　これはぁ、しかたないのぉっ♪　こんなに奥を突かれたらぁあ♪」

あれだけ高慢だった女社長も、すっかり僕のチンポにメロメロだ。

まさか、ここまでチンポが万能だとは思わなかった。

「ははは、ここまで乱れるなんて、ずいぶんと欲求不満だったんじゃないのぉ？　というかプライド高そうな顔して、実はマゾとか？　ケツ叩かれて感じてたし！」

「ひぃい！　ち、違うぅ、マゾなんかじゃないわよぉ！　おぉおほぉおお♪」

「はは、欲求不満のほうは否定しないんだねぇ？　ほら、もう一発！」

再び右手を振りあげて、さっきよりも激しく尻を叩いた。

「んぎっひぃいいっいぃいいい♪」

激しく嬌声をあげるとともに、久美子は膣内全体を激しく収縮させる。

「うっくぅ！　ふっはぁ！　やっぱりケツを叩かれて感じるマゾじゃないか！　ほらほら、マンコが悦んでるよぉっ！　責めれば責めるほどマン汁たっぷり溢れてきて、中がグチョグチョだぁ！」

わざと音を立てるように激しく肉棒の抜き差しを繰り返す。そのたびに、グチュウ、グチュゥ！　と、卑猥極まる粘着音が響いた。

「ほらぁ、こんなにエロい音出してるのに、悦んでないっていうの⁉」

「んおぉおお♪　これは違うっ、違うのぉっおっ♪　ぜ、絶対に認めないぃっ♪　あぁあ、もうズポズポするのやめてぇっ♪　チンポとめてぇえええっ♪」

だが、言葉とは裏腹に膣内の締めつけは激しさを増していくばかりだ。

しかも子宮が亀頭をがっちりと咥えこんで、奥へ引っぱりこんでくる。

「くふぉ！　なんてエロいマンコの動きなんだっ！　これは当然、中に出してほしいってことだよねぇ！　ははははっ！　いいよぉ！　出してあげるよぉお！」

童貞喪失に続いて初中出しができることに、僕の興奮は最高潮に達する。

それとは逆に、久美子は本気で怯えた声を出した。

「ひぃいいいっ⁉　な、中はだめぇええええ！　それだけはぁ、らめぇっ！　考えればわかるでしょうっ⁉　んおぉっ！　そ、そんなっ、中に出したらぁっ、できちゃうかもしれないでしょうぅ⁉⁉」

「ははは、でも僕はやめる気ないよぉ！　僕がいくらいじめをやめてって言っても巧海は聞く耳を持たなかったんだからねぇ！　ほらほらぁ！　絶対に出してやるからなぁ！」

久美子が逃げられないように両手でがっちりお尻をつかみ――ラストスパートピストンを繰り出した。

「あぁあ！　らめっ、らめぇ、抜いてぇっ、逃げなきゃっ、いけないのにっ♪　ひぃいっ、中に出されるのだけはらめなのにぃっ♪　マンコがぁっ、言うこと聞かないぃいい♪」

「あぁ、おばさんの上の口と違って、下の口は本当に素直だねぇ！　すっごい締めつけてきてるよぉ！　くぅう！　なんて気持ちよさだ！　セックス最高！　あぁあ！　出る！　中に出してやるっ！　いっぱい中出しするぞぉおおっ！　くあぁああああっ！」

目の前が真っ白になるような快楽とともに、熱く滾った大量の濃厚精液を迸らせた。

膨大な快楽が拡がり、下半身が勝手に痙攣してしまう。

「んおっほおぉぉおおおおお〜〜〜〜〜♪　おぉおぉお〜〜♪　あっあああぁ♪　きてる、熱い精液がすごい勢いで子宮にきてるわぁっ♪　ひぃいいっ♪　らめっ、らめなのにぃ、イックぅううううう〜〜〜♪」

そして、久美子も激しく絶叫しながら、僕の精液で絶頂を迎えた。

「おあっぐぅう〜〜♪　おぉおっ、ぐぅう〜っ♪　あぁあ、うそっ、うそよぉお♪　こ、こんな息子と変わらない年齢の子にイカされるなんてぇええっ♪」

「ははは！　童貞のセックスでここまで感じちゃうなんて、本当におばさんは淫乱なマゾ奴隷だったんだねぇ！　最初に会ったときはてっきりサドかと思ってたんだけど！」

「おぉおおっ、わ、わたしはマゾなんかじゃないわよぉ……♪」

「まだ口では否定するんだ？　ほんと親子揃って、減らず口だよなぁ！　こんなに僕のチンポから精液搾り取っておいて！　……というか、まだキュウキュウ吸いついてきてるよぉ？　そんなに若い精子がほしかったのかなぁ⁉」

嘲るように言いながら、両手で勢いよくお尻を叩いた。

「んぎっひぃいいいいいいいい〜〜♪」

パァンパァンと小気味よい音が響くたびに久美子はお尻をブルブル震わせていた。

「くははっ、本当にマゾだねぇ。ほらほらっ、おばさんの長らく使ってなかったマンコで童貞捨ててあげたんだから、感謝してよぉっ！」

今度は促すようにパンパンとお尻を両手で叩き、軽く腰を動かす。

「んっふぅ、くふぅっ……♪　あ……あぁ……♪　わ、わたしの長年使ってなかったマンコで童貞を捨てていただきぃ、ま、誠にありがとうございましたぁあ………♪」

心も身体も屈服したのか、久美子はその場に倒れこもうとする。

だけど、これで終わりにするつもりはない。

「ちゃんと礼が言えたようだから、ごほうびをあげるよ。いくよぉ！　……くふぅう」

「えっ？　……んひぅっ!?　なっ、なにっ……これぇ？　んひぃいい～～っ♪」

僕は肉棒を膣内に入れたまま放尿を開始した。

「んおぉおおおっ♪　ほおおぉおおおおっ♪　お、奥にぃ、すごい勢いで熱いの入ってくるぅうう♪　ひぃい♪　お、おしっこがぁ、子宮に入ってくるぅううぅうう～～～♪」

「ははは、まさにメスマゾ肉便器だねぇ！　なに、おばさん？　おしっこされて感じちゃってるの？　本当に便器だねぇ～！」

そんな嘲《あざけ》りと蔑《さげす》みの言葉を受けても、久美子は膣内を収縮させて悦ぶばかりだった。

「ほらほらぁ！　まだ出るよぉ！」

僕は腰を尻肉に叩きつけながら、さらに放尿をしていく。

「んおぉ♪　んほおぉお♪　こ、こんなのぉ異常だわぁ♪　マンコでおしっこなんてぇええぇ♪　あぁああ♪　らめぇ、こんなので感じちゃらめぇえええ♪　わたしのマンコぉ、もうイッちゃらめぇえええ～～～～♪　あっあぁあああ～～～～～♪」

久美子はついに膣内放尿で絶頂を迎えてしまった。

そして、今度は——久美子が放尿をし始める。

「あははははっ！　便器扱いされて自分でも漏らすなんて、おばさんは思った以上のマゾだねぇ～！　くふふっ、本当におばさんには驚かされるよ！」

「んおぉおおぉお♪　おぉほぉお♪　とまってぇっ♪　ひぃい♪　こんな歳でおしっこ漏らすなんてぇええええええ♪　あはぁあ、あぁぁああっ♪　らめぇ、またイッちゃうぅうううううう～♪」

さらに久美子はお漏らし絶頂までしてしまう。

本当にどうしようもないマゾだ。

「あーあー、まったくどうしようもないねぇ、おばさんは。僕は足が不自由なんだからさぁ～、ちゃんとおばさんが掃除しておいてよぉ？　ほら、もう一回謝罪して？」

「は、はひぃい～～♪　こ、このたびはぁ……た、大変っ、も、申し訳ぇ、ございませんでしたぁあ～～～♪」

「ははっ、まぁ、気持ちよかったから、よしとするかぁ。童貞も卒業できたし」

こうして僕は、久美子からの謝罪をとりあえず受け入れてやるのだった。

昨日までは暗く沈んでいた人生だったが、どうやらこれから楽しくなりそうだ——。

第二章　パイズリ肉便器ショー

本当に悪魔のような子だと、わたしは思った。
息子と同じ年齢なのに、わたしはあそこまで乱れさせられてしまった。
しかも、あれが初めてのセックスだったというのだから、末恐ろしい。
離婚してから十数年、確かにわたしは欲求不満ではあった。
息子のため、会社のため、ずっと人生を捧げてきた。
それが、まさかこんなことになるなんて――。
あのあと事後処理をしてから帰ったわたしは、すぐに自宅でシャワーを浴びた。
股間からは白濁液が次々と溢れ出てきて、若い子の精液の濃さと量に驚かされた。
こんなに精液を出されたことは、人生で初めてだった。
かつて夫だった人のモノは本当に短小で、精液量も少なかった。
だから、セックスで満足することなんてなかった。
だけど、あの子は――。
そこまで考えて、わたしは頭を振った。

今日のことはもう忘れよう。これは悪い夢だ。

これでいじめの件は解決。

もうあの悪魔のような子と会うことはないはず——。

●　●　●

謝罪に来た久美子を犯してから一週間が経過した。

足のギブスもとれて、ようやく僕は以前のように自由に歩けるようになった。

この一週間、巧海の奴も僕に絡んでくることはなく、このままいじめは終わるものだと思っていたのだが——。

「いよぉ！　どうやら足は治ったみたいだなっ！　今日はちょっとうちへ寄れよ！　またたっぷりパシリに使ってやるからさぁ！」

どうやら巧海は、僕の足のギプスがとれるのを待っていただけらしい。

学園の門を出たところで背後からぶつかられ、そのまま肩に手を回してきて強引に引っ張っていく。

だが、僕は——わざと抵抗せずに、巧海に連れられるまま奴の家に行くことにした。

もしかしたら、また久美子に会えるかもしれない。そうなれば、性欲を発散する機会をえられる。

　一度セックスを知ってしまったことで、僕はオナニーでは満足できなくなっていた。


　巧海の家にやってきた僕は、リビングに通された。

「へへっ、いまどんな気分だよ？　怪我までしたのにセンセーにまでなにもなかったことにされるってさぁ？　ふふっ、ママ――いや、俺の母さんの力を思い知ったかっ！　これからもっともっとおまえのことを使ってやるからな！　どうせ金で解決できるし！」

　なにも事情を知らない巧海は、どうやら僕が金の力に屈したと思っているらしい。

　本当におめでたい奴だ。僕のチンポに母親が屈したというのが真実なのに。

　それに、いま『ママ』と言ってから訂正してたし、巧海はマザコンなのかもしれない。

　そんな大事な『ママ』があんなマゾ奴隷とは、まさか思いもしないだろう。

　つい、僕は笑みを浮かべてしまった。

「おい、なんだよ、ニヤニヤしやがって！　おまえ、自分の立場わかってんのか⁉　もっとおどおどしてろよ、いじめられっ子のくせに！」

　激高した巧海は拳を握りしめて立ちあがり、こちらに向かってくる。

　このまま暴力を振るわれる――というところで。

廊下から足音が聞こえ――続いて、リビングのドアが開かれた。

「あら、巧海、帰っていたの？　そちらは、お友達っ？　――っ⁉」

僕の顔を見た瞬間――久美子は声にならない悲鳴をあげた。

「あっ、ママ……！　い、いやっ、か、母さん……！　そ、その、これは……ほらっ、怪我させただろっ？　だから、その謝罪っていうか、仲直りっていうかっ……」

「た、巧海っ！　か、彼と関わりあいにならないようにって言ったでしょう？　まさか、あなた、まだ――」

「ち、違うって、なんもしてないってっ！　なぁっ？　そうだろっ？」

ついさっきまで僕に暴力を振るう寸前だったのに――ヘラヘラしながらこちらに話をあわせるように圧力をかけてきた。

このままイジメが再開されそうになっていることを話すのもありだが――いまの僕には、それよりも優先するべきことがある。

「……そうです、僕はなにもされてません。……それと、その……僕のほうもおばさんに用事があってですね……ほら、入院費のこととかを聞いてこいって親から言われて」

もちろんこれはうそだ。

だが、巧海は僕が話をあわせたことに気をよくして、ベラベラとしゃべり始める。

「ほ、ほら、だろぉ？　俺がいじめなんてするわけないじゃん。その、入院費の話だかなんだかで話があるっていうから、家に案内してやったんだよ！」

「そ、そうなの……？　巧海がそう言うなら、そうなのね」

少し疑わしげに自分の息子を見ていた久美子だが、最後には信じていた。

まったくバカ息子に甘い、どうしようもないババアだ。

「……なら、話ができますか？　家にきてもらったときの話なんですけど」

「──っ、ま、待ちなさいっ……！　いいえ、待ってちょうだいっ！　……た、巧海っ、あなたは部屋に戻っていなさい！」

「え、どうして？」

「いいから、早く！　部屋に戻りなさい！　わ、わたしは彼と大事な話があるのっ！」

「ええっ……？　う、うん……」

すごい剣幕で命じる久美子に首をかしげながらも──巧海はリビングから出ていった。

巧海の足音が聞こえなくなったところで、僕は口調を変える。

いじめられっ子から、ババアの調教者へと──。

「おぉ、怖い怖いっ、さすが懲りずに僕をいじめてくる巧海の母親なだけあるねぇ～。さっきも暴力を振るわれそうだったし、やっぱり巧海は反省してないみたいですよぉ？」

「くっ……やっぱり、また、あの子っ……で、でも……あの件はもうあれで片づいたはずでしょう？　入院費だって、あのときわたしは置いていったはずよ！」

「ああ、さっきのは話をあわせただけですから。それにしても、困りますよねぇ。またいじめられて怪我させられたら、たまったもんじゃないですよ。ただでさえ勉強が遅れてるのに」

「っ……！　わ、わかったわ！　もう絶対にイジメないように言い聞かせるからっ！　だから、あの子の未来を奪わないでちょうだいっ！」

「本当に、巧海に甘いですねぇ……。そんなことだから、また僕のことをいじめようとするんじゃないですかぁ？　まあ、でも、おばさんがまた僕に身体で謝罪してくれるのなら、今回の件をなしにしてあげてもいいかなぁ～？」

僕は興奮で肉棒が勃起するのを感じながら、久美子に近づいていく。

「ひっ⁉　あなたまさか、またっ⁉　い、いやよっ、もうあんな謝罪はしないわっ！　そ、それにこんな場所でするなんてあの子が戻ってくるでしょう⁉」

「ははっ、巧海に気づかれたくないのなら寝室にでも行きましょうよ。そっちなら鍵とかかかるでしょ？　こっちのほうですかねぇ～？」

「ちょっ、ちょっと、勝手に移動しないで！　あの子の部屋に近づかないでっ！」

僕が歩き出すと、慌てて久美子がついてきた。

さすがに高級住宅だけあって、僕の家とは段違いに広い。

そして、部屋を探して歩き――。

「ここかなぁ〜？　おお、ここだ！　あったあった！」

僕はついに久美子の寝室に辿り着いた。

室内には高級そうな家具やカーテンがあって、セレブっぽさを醸《かも》し出している。

「ちょ、ちょっと、勝手に入るのはやめてっ……」

「はい、ドアを閉めて楽しみましょうねぇ〜」

僕は扉を閉めて鍵をかけると、久美子に抱きついてそのままベッドに押し倒した。

「きゃあっ⁉　や、やめなさいっ！　もう、だめよっ……！」

押しのけようとする久美子。だが、抵抗されると逆に興奮する。

そのまま強引に爆乳を鷲掴みにして、グニグニと揉みしだいて感触を楽しむ。

「前回はおっぱいを楽しめなかったからねぇ。ああ、いい揉み心地だ。おっぱいってこんなに柔らかいんだぁ〜」

「いやっ、やめてっ、ひぃっ、揉まないでっ」

もちろん、そんな哀願は無視しておっぱいを揉み続ける。

そうしているうちに、肉棒が完全に勃起した。

「くふぅ、ほら、おばさん。興奮してコイツももう張りきってるよぉ！」

「ひぃいっ⁉　な、なにを考えているのっ、あの子がっ、巧海が、家にはいるのよ⁉　も、もし、こんなところを見られたらどうするのっ⁉」

表情に焦りと羞恥を浮かべながら、必死に僕を遠ざけようと手を伸ばす。だが、男の僕を押しやることなどできはしない。

「ふふ、扉もけっこう分厚かったし防音もばっちりっぽいよねぇ〜？　それに巧海に聞かれないように声をあげなければいいでしょ？　ほら、おばさんだってこの間みたいに僕に身体で謝罪したいんじゃないかなぁ？」

「んくぅっ、や、やめてっ、離れなさいっ、もう、あんなことはしないわっ……！　あのときは、わたしもどうかしてたのよっ！　そ、そうじゃないと、あんなことっ……！」

「そんなこと言っても、ほらっ」

久美子の下半身をはだけさせて見てみると——高級そうな下着が濡れてメスのフェロモンを放っていた。

「やっぱりメスくさいと思ったら、濡れてるじゃないか。くく、僕だってもうカウパー液が沁みだしてるよぉっ？」

そのままこちらの濡れた肉棒を、下着の股間部分にこすりつけていく。

「んひぃいっ、や、やめてっ、汚いモノをこすりつけないでっ！」

「はは、僕の若いチンポよりもババアのマンコのほうが汚いんじゃないかなぁ〜？　ほら、どんどん濡れてきてるよぉ？　年下の男に襲われて興奮してるんでしょ？」

「あぁあ、そ、そんなことあるわけないでしょうっ、あ、あなたのような子にっ……くぅっ、ひぃい！　胸を乱暴に掴まないでっ！」

「ふはっ！　いやよいやよも好きのうちって言うけど本当だねぇっ！　ほらぁ、乳首ビンビンに勃《た》ってきてるよぉ！」

両手を広げて乳房を掴み、激しく揉みまくる。さらには、手のひらで乳首を転がしてやった。すると、久美子の反応が激しさを増す。

「んあぁうっ!?　ひぃい、痛いっ！　そんな敏感なところ、乱暴にしないでぇっ、んふぅう、ひぃい、あくぅう♪」

「おやおや、だんだん甘い声になってきたねぇ！　ふふっ、もうずっと寝室でセックスしてないんじゃない？　実はすごい欲求不満なんでしょう？　ほらほら、もっとよくしてあげるよぉ！」

「んああうっ！　やめてぇ、そんなに強くぅう！　くはぁううう！　こするのらめぇ！」

「はは、そんなに声をあげたら巧海に聞こえちゃうんじゃないかなぁ～？　どう思うだろうねぇ、自分の母親のメス声を聞いたら！」

「ああぁ、やめてぇっ、巧海のことは言わないでぇっ……！　んぁあ、もう、こすりつけないでぇえっ♪」

「こんなに身体を熱くしてるのに僕にはやめてっていうのはねぇ～？　息子には甘々なのにずるいと思わない？　僕の息子もたっぷり甘やかしてほしいなぁ～？」

「くふぅ、ひぃううっ♪　む、息子には言って聞かせるからぁっ、も、もう関わりあいにならないようにっ、だ、だからぁ、もうこれ以上はやめてちょうだいぃ……♪」

「言って聞くような奴じゃないから、こんなことになってるんだよねぇ〜。それにここまできてとめるなんて無理でしょ?」

僕は久美子の下着をずらしてグチョグチョの膣口に押しあてた。

熱く湿ったそこに触れるだけで、理性が吹っ飛びそうなほど興奮する。

「ひぃいいっ⁉　や、やめてっ、た、巧海が同じ家にいるのよぉっ⁉　も、もしバレたらぁ、た、大変なことにぃ――――!」

「まぁ、そのときはそのときじゃないかなぁ!　ほらぁっ!」

僕はパニック状態になりかけている久美子を無視して、勃起した肉棒を一気に膣奥までぶちこんだ。

「んおぉおっほぉおおおおおうぅうっ♪　あぁあっ、だ、だめっ、ぬ、抜いてぇ♪　こ、こんな、巧海が家にいるのに、入れるなんてぇっ……♪」

最初の挿入をしたときよりも、膣が肉棒にフィットしてくるような感じがある。トロトロに熱くなった膣肉が優しく締めつけてきて、入れているだけでも気持ちがよかった。

「ふっはぁ!　早くも僕のチンポになじんできてるみたいだねぇ!　おばさんのマンコはそんなに僕のチンポが気に入ったのかなぁ〜?」

尋ねながら、軽く腰を使う。そうすると、膣ヒダがいやらしく絡みついて肉竿をしごいてきた。

「んひぃい、ひぃいっ♪　う、動かさないでっ♪　くふぅ、んぁあ、あああっ！　な、なんで、息子と変わらない年齢なのにぃ、こんな太くて硬いのぉっ……！　くふぅう♪」

「はは、僕は性欲が昔から強かったからねぇ～。ほらほらぁ、僕みたいな年齢の子に犯されてどんな気分？　ドロドロのマン汁が溢れてきてるよっ？　めちゃくちゃ興奮してるみたいだねぇ～！」

「い、いやっ、言わないでっ、ち、違うのっ、こんなのわたしの意思じゃないっ、勝手に出ちゃうだけで興奮してなんかぁっ……♪」

そうは言っても、膣奥からどんどん愛液が溢れ出してきていた。しかも、膣ヒダは活発に蠢いてきて、うれしそうに肉棒にしゃぶりついているようなありさまだ。

「本当におばさんは素直じゃないなぁ～！　これだけマンコがエロい動きしてるのに、口では否定するんだからねぇ！　まったく、しつけが必要なのは巧海だけじゃなくておばさんのほうもかなぁ！」

ピストンスピードをあげて、愛液でグチョグチョになった膣奥を犯しまくる。激しく抜き差しするたびに、グチュグチュ♪という卑猥な音が奏でられた。

「んぐっ、あぁぁ♪　ほぉおおうぅっ♪　なんでっ、こんな年下の子相手にぃいっ♪　ひいい、ピストン早すぎるわっ！ んっおぉおお、加減っ、加減しなさいいぃっ♪ ひいあぁあああ、きついのっ、それぇえ♪ おばさんにはっ、きつすぎるからぁあああぁ♪」

腰を動かすたびに久美子は激しくヨガリ声をあげて悶える。それがゲームなんかをやっているよりもよほど面白くて、ますますハードなピストンを繰り出していった。

「ほらほらほらぁ！ 気持ちいいんでしょ、僕のチンポっ！ もうヤケドしそうなぐらいマンコの中熱いよぉ！」

「ひぃいいい！ らめっらめぇええ♪ そんなにされたらぁあ！ あぁあああ♪ 気持ちよくなっちゃうぅぅう♪ おぉおお！ ほぉおおおおおおお♪」

「ははは、巧海が家にいるのにめちゃゃくちゃ喘いでるじゃないかっ！ もしかして息子にバレたいのかなぁ～？」

指摘されて、久美子は慌てて口を閉じる。

「くふっ！ んっぐぅうっ！ んぉおっ！ こ、声をあげさせないでぇっ……♪ ひいぃ、あ、あなただって、こんなところ見られたら、困るでしょう？」

「僕はまったく困りませんけどねぇ！ ほぉら！」

そこで手を振りあげると、乳房に思いっきりビンタした。

久美子は痛みと快楽の混じったような悲鳴をあげて、身体を痙攣させる。

「んぎっひぃいいいいいいいいいいっ！ んおっほおぉおおぉおおっ♪」

「ははっ！　おばさんは本当にマゾなんだねぇ！　愛液がドバッと溢れてきて、ヒダがすごいうねって締めつけてくるよぉ！」

「よ、よしなさいぃっ！　暴力を振るうのも、ババアって言うのもぉっ♪　わたしを辱めることは、もうやめるのよぉっ♪　あぁっ、許してぢょうだいぃ……♪」

哀願しながらも、声色から期待を隠しきれていない。そんなマゾ丸出しのババアに、ゾクゾクきてしまう。これは、やっぱり面白いオモチャだ。

「ふははぁ！　おっぱいビンタがそんなに気持ちいいんなら、もっともっとしてあげるよぉっ！　このマゾババア！」

僕は両手を振りあげて、次々と爆乳にビンタをしていく。

バチィン！　バシィン！という小気味よい音が響いて、さらに興奮が煽られる。

「ひいいぃいいいん♪　ひいぃ♪　や、やめへぇっ♪　そんなにおっぱい力いっぱい叩かれたらぁ、くふぅんっ！　おかしくなってしまうわっ！　ひああ、やめへぇえっ♪」

「だから、説得力がないって言ってるんだよねぇ！　こんなに愛液垂れ流して乳首ビンビンにしながら、よくもやめてなんて言えるなぁ！」

そのままビンタを継続しながら、腰の動きも速めていく。

もう膣内は愛液というより粘液まみれでグッチョグチョだ。

「んごほぉおおおおっ♪　おぐほぉおおおっ♪　らめぇっ、そんな激しくされたらぁ、おかひくなるぅううう♪　巧海に聞こえちゃうでしょうぅっ♪　ひいぃいいいい♪」

「ふっはぁ！　本当にどうしようもないマゾババアだねぇ！　そんなエロい表情されたら、チンポとめられるわけないじゃないか！　そらそらぁ！　声をあげろ、どうせなら見てもらえよ、あのバカ息子にっ！」

もう本当にバレてもいいと思いながら、僕は全力でビンタをして、ピストンも激しくしていった。理性よりも本能を優先することは、とてつもない快感だった。

「あぁああぁおおお♪　んごほぉおおおお♪　くふぅうう♪　も、もうらめぇ♪　こんなにされたらぁ、もうどうでもよくなってきちゃうぅぅう♪　んひぎぃ♪　ひぃいいい♪　頭もマンコぉ、おかしくなるぅうう♪　あぁあぁぁあああ♪」

これだけ喘いでも巧海が部屋に入ってくることはない。

あいつはゲームが趣味なので、ヘッドホンでもして夢中になってるのかもしれない。

しかし、もう見つかろうと見つかるまいと、いまの僕がやることはひとつ――このマゾババアの腐れマンコに中出しをすることだ。

「――っ!?　ひぃいっ!?　あ、あなた、なんて目をしてるのっ!?　そんな、オスの目なんて、その歳で早すぎるでしょうっ!?　いや、いやぁ、やめるのよぉっ！　わたしはあなたのメスじゃないぃいいっ！　んぎひぃっ！　んっおぉおおおお♪」

僕が中出しするためのラストスパートピストンを繰り出すと、久美子は恐怖で表情を引きつらせた。だが、それはすぐにだらしないエロ顔へと変わる。

「ほらほらほらぁあ！　出してやる！　たっぷり中に出してやるぞぉお！」

「んひぃいいっ♪　ひぃいいっ、だ、だめよぉ、中に出すのはだめぇええぇ♪　あなたの歳で子作りなんてぇ、早すぎるぅううう♪」

「はははは！　そんなのおばさんが決めることじゃないですよぉ！　僕はもう射精できる立派なオスなんだ！」

ガンガン腰を振るたびに、亀頭が子宮口をこじあけていく。

口では拒絶しても、子宮は肉棒を歓迎するように吸いついてきた。

「んぉおおお♪　らめっ、らめぇええ♪　わたしの子宮口、閉じなさいぃい♪　こんな歳の差で子作りなんてぇ、だめなのよぉおおお♪　おぉおお、おほぉお♪　こんなの異常ぉ、おかしいのにぃいいい♪　あぁああああああああ♪　開くぅう♪　子宮がオチンポ受け入れちゃううぅうううううう♪」

「ははは！　わかってるじゃないか！　チンポがもうズッポリ子宮口にはまりこんでるよぉ！　射精してほしいって、おねだりしてきてる！　ババアのくせして若い男をほしがってるんだ！　ほらぁ！」

再び僕は手を振りあげて、ビンビンに勃起した乳首ごと乳房をぶっ叩いた。

「んぎっひぃいいいいーーーーーーーーーーー♪」

久美子は淫獣そのものの叫び声をあげて、膣内を締めつけまくる。

ますます大きくなって自己主張をする乳首が扇情的で、視覚も楽しませてくれる。

「ふはははっ！　マンコも乳首もすごい反応だよぉ！　ほらぁ、マゾだってそろそろ認めようか！　母親のくせして自分がどうしようもないマゾババアだって認めるんだ！　そらそらそらそらそらぁあああああっ！」

トドメとばかりに乳首を指でひねりあげ、渾身の力をこめて肉棒を奥まで突きこむ。

すると、決壊するように久美子は絶叫を繰り返し始めた。

「んぉおおっほぉおおーーーーーーーーーーー♪　おぉおおほぉおおおーーー♪　あぁあーーーー♪」

「ほらぁ、認めろぉ！　マゾだって認めろぉ！　このマゾババア！」

「狂うっ、狂うぅうう♪　痛いのが気持ちよくて頭おかひぐなるぅうう♪」

「あっあぁあああ♪　認めるっ、マゾだって認めるわぁっ♪　だ、だからぁっ、んおぉおおお♪　これ以上はぁ、本当におかしくなるからチンポやめてぇええええええっ！」

久美子がマゾだと認めた瞬間――僕の興奮は極致に達した。

「ふはははははぁっ！　マゾババアだって認めたぁあっ！　マゾ相手なら、遠慮する必要もないよねぇえええええっ!?」

久美子がマゾだと認める一方で、すっかり僕はサドに目覚めてしまったようだ。

メスをチンポで屈服させ、征服し、犯すことに無上の悦びを感じてしまう。

僕は興奮で頭がどうかしそうになりながら久美子に完全なるトドメをさすべく全身全霊のピストンを敢行する。

「んごぉおおおおお♪　ま、まら激しくなるぅううう♪　んぎひぃいいい♪　しゅごいい、若いオスチンポぉおおお♪　すごすぎるのぉおおおお♪　こんなに激しくさたらぁ、壊れるぅううう♪　壊れちゃうぅうぅううう────────♪」

「はっははぁっ！　壊してやるよぉ！　マンコいじめられて悦ぶ変態マゾババア！　僕のチンポでイキ狂えぇ────────────っ！」

限界を突破して目の前のメスを孕ませるために腰を狂ったように振りまくる。

カウパー液が射精のように噴き出し、快楽がピストンごとに跳ねあがっていく。

もう僕は誰にもとめられない。とまらない。

「おごぉおぉおぉおほぉおおおう♪　狂うぅううう♪　マンコ狂ちゃうぅうぅううう♪　あぁああああああ♪　イク、イクイクイクぅう────────────♪」

「おっあああああ！　出るぞぉ！　イクぞッ、出すぞぉおお！　あああぁああ！　変態マゾババアに射精する！　中出しで孕ませてやるぅううう！　くはあああああああああ！」

頭が真っ白になって意識が飛びながらも、肉棒から猛烈な勢いで精液が迸った。

次々と熱い塊が飛び出していって、すさまじい快楽が爆発していく。

「んほぉおおおおおおおお♪　おおぉほぉおおおおおおおお♪　しゅごいぃ

いいいいい♪　熱い精液ぃい、すごい勢いで入ってきてるぅううう♪　あぁあ♪　できちゃうぅうう♪　こんなにイキのいい若い精液出されたらぁ、おばさん孕んじゃううぅううう♪　ああ、あぁあ、らめ、らめなのにぃい♪　あっはぁあーーーーーーー♪」

久美子は全身をのけぞらせながら、ものすごい勢いで潮を噴き始めた。

「くっはぁあ！　中出しされて潮噴きするなんて本気で変態マゾババアだねぇ！　若いチンポでマゾイキするなんて母親失格だぁ！　ほらっ、まだ出るぞぉ！」

潮噴きで少し押し出された肉棒を逆に思いっきり奥へ叩きこむ。そして、こみあげてきた精液を迸らせた。

「ひぃいぃいいいい♪　ま、まら精液出て

るぅうう♪　ひぃいい♪　お、溺れるぅ♪　若い精液で卵子溺れちゃうぅううう♪　んぎひぃい♪　も、もうぅ……らめぇえ♪　おばさんマンコぉ、屈服しちゃうぅうぅう……♪あっ……はぁぁ……♪」

久美子はビクビク不規則に痙攣しながら、すっかりだらしない満足顔を晒していた。

「ふぅう……なかなか悪くない使い心地だったよ。ねぇ、ほら、おばさんっ。潮噴きするまでマンコを使ってあげたんだから、お礼ぐらい言ってよ？」

「……んぉ、おほぉっ……♪　あ、あ、ありがっ、とう、ございますぅっ……♪　んくぅ、変態ババアのマゾマンコ使っていただけてぇっ……ま、誠にぃ、ありがとうっ……んふぅ……ご……ざいますぅうっ……♪」

完全に堕ちた久美子は、とろけきったアヘ顔を晒して隷属の言葉を口にする。

最初に出会ったときはあんな傲慢《ごうまん》そうな顔をしていたのに——いまでは発情しきったメスそのものだ。

「ふふ……！　これから先もたっぷり若いチンポを味わわせてやるからねぇ！　僕がマゾババアの飼い主になってやるよぉ！　おばさんは僕のマゾ奴隷だからねぇ！　巧海なんかよりも僕のほうが大事でしょ？」

「んくふほぉっ……♪　そ、それはぁ……♪　で、でもぉ……」

バカ息子への愛情がよほど強いのか、久美子は逡巡《しゅんじゅん》する素振りを見せるだから、僕はしつけのために肉棒をいきなり奥までぶちこんだ。

「んぎっひぃいいいいいいぃーーーーーーーっ♪」

「せっかく若い精液をたっぷり中に出してやったのに、おばさんは感謝が足りないみたいだねぇ？　僕のマゾ奴隷になれてうれしくないの？」

「いひぃっ！　も、申し訳ございませんっ……！　う、うれしいですっ、若いご主人様に精液をたっぷり中出ししていただけてぇっ……そ、そして、マゾ奴隷になれてぇ、しあわせですぅう……♪」

「ははは、わかればいいよ！　まぁ、これからもよろしくね、おばさん！　……ああそうだ、連絡先教えてね？　今度はいつでもどこでも僕のオナホ奴隷になってもらうからさ。……それじゃ、僕は帰るから」

スッキリした僕はさっさと芹沢邸を出ることにした。

帰る途中、巧海の部屋らしき場所を見つけてドアの隙間から覗いてみたが――思ったとおりヘッドホンをつけてゲームに夢中になっていた。

まったく、いつまで経ってもガキな巧海に失笑を禁じえない。自分の大事な母親が僕にメチャクチャ犯されていたというのに。

まぁ、そのおかげであそこまで激しく楽しめたわけだけど――。

ともかくも、これで僕は久美子を自由にオナホ奴隷扱いできるようになったのだ。

●　●　●

あれから僕は久美子と何度もメールをやりとりし——調教のために久美子のエロい写真や動画も送らせ——デートの約束を取りつけた。

日時は日曜の昼間。場所は、公園だ。

念のため生活圏からは遠く離れた場所を選んだ。

それぞれ別に移動してから公園で合流し、僕はこの日のために購入した衣装の入った紙袋を手渡した。

「あ、あの、これは……？」

「ああ、まあ今日を盛りあげるための衣装だよ。ほら、着替えてきて」

「は、はい……」

久美子はうなずくと、着替えるために公衆トイレに向かった。

十分ほどして、久美子は再び僕の前へやってきた。

「あぁ、やっと着替えてきたの？　遅いよ、おばさん！　僕とのデートできれいに見せたいってのはわかるけどさぁ～っ……うはっ、やっぱり、すごいねぇ、その服！」

久美子に着させた衣装は——パツパツのギャル服だ。爆乳がはちきれんばかりで、お尻もかなりキツい。美熟女にわざとこういう服を着させることで羞恥を煽ることにしたのだ。

「こ、こんな格好をさせて……な、なにを考えてるのっ……！」

久美子は身体を両手で隠しながら抗議の声をあげる。

「おやぁ～？　この間しつけたはずなのに、まだそんな口をきくのかなぁ～？　あれだけ僕のチンポで喘いでたくせにさぁ」

「そ、それはっ……あ、あのときはどうかしてたのよっ！　だ、誰がっ、あなたのような年下の子なんてっ……！」

「やれやれ、あれだけ乱れていたのに、なかったことにしようとするんだぁ？　大人ってずるいよねぇ～？」

肩をすくめると、久美子はムキになって反論してきた。

「あ、あなたこそ、そんな歳なのに異常だわ！　わ、わたしのような年上に……せ、性欲を抱くなんて……」

「ったく、うるさいババアだなぁ。ほら、せっかくのデートなんだから、くだらない話はいいから、公園をまわるよぉ！」

「――っ⁉　ふ、ふざけないでっ！　こ、こんな格好で歩けるわけないでしょう？　あなた、わたしの年齢がわかっているの⁉　こ、ここにくる間だけでっ、あんなにジロジロ見られてっ……っ！」

「ふふ、だからいいんでしょ？　ほら、いくよっ」

「ひっ⁉　そ、そっちは、人がっ……っ！　手を引っ張らないでっ！　いやぁっ」

もう僕は有無を言わさず、久美子とのデートを開始することにした。

天気もいいので、今日はかなり人が多い。

通行人たちは僕たちを目撃するや——驚いたり、蔑んだり、関わりあいにならないように足早に離れていった。

「っ……く、屈辱だわっ！」

「ふふ、そりゃぁ、おばさんみたいな人が無理してピッチピチのギャル服きてたら変な目で見るよねぇ？　ほら、隠れようとしないで、もっと歩こうよ」

「っ⁉　ま、待ちなさいっ……ま、待ってってっ！」

僕が歩き始めると、久美子も慌てて追いかけてきた。

だが、僕が向かったのは人が一番多く集まる広場だ。

「うぉっ！　なんだ、あれ……！」

「うあー、キツいわー」

「……あんな格好して恥ずかしくないのかしら？」

その場にいた連中は、突如として現れたギャル服の年増ババアに様々な反応を見せる。

ほとんどがネガティブというか、思いっきりドン引きしていた。

女社長ということでプライドが高いから、わざと僕は公然羞恥調教を実施したのだ。

これまでに僕は様々な官能小説やエロ漫画を読んで調教の知識をえていたので、自分なりにメスの扱い方についてはわかっているつもりだ。

はたして久美子は――プライドをズタズタにされたことで屈辱に震えながらも、マゾであるがゆえに感じ始める。

「ひぃいっ……こんなふうに蔑んだ目で見られて、呆れられるなんてぇ……くふぅっ、あくぅ……な、なんでわたしがこんなことにっ……んくぅっ、ふぅうっ……」

久美子は通行人とすれ違うたびにビクビクと身体を震わせ、肌を汗ばませる。

香水のにおいとは違うメスのフェロモンが漂い始めて、色っぽさが増していく。

「くくっ……ほらぁ、せっかくの格好なんだからさぁ、しっかり市民の皆様方に見せてあげなよぉ～？　おばさんは恥ずかしい姿を見られて感じる変態なんだしねぇ？　ほらほら、次はあっちのほうに行ってみようかぁ！」

　僕は久美子の手をキツくつないで、人の多い公園の大通りへと引っ張っていく。

「……も、もう、よしてっ……！　なんでっ、こ、こんな格好で……かっ、会社の人間に見られたり取引先に見られたらっ……んくっ……はぁはぁはぁ……」

「ははっ、まさか会社のトップが、こんな変態ババア丸出しの姿で歩き回ってるなんて誰も思わないって！　それに会社や自宅から遠い場所を選んでやったんだから、そう簡単に出くわさないよ！　僕だって、こんなエロババアを連れているところを同級生に見つかったら、いじめられちゃうからねぇ～？」

　そう言いながら、ピッチリしたスカートから溢れそうな尻肉を揉んだ。

「んひぃううううっ!?　……んふぅうっ、な、なにをするのっ……こ、こんなところで……あぁ、み、みんな見てるでしょうっ？」

　変な声を出した久美子は、たちまち注目を集める。

　そこで僕はさらに尻揉みをして、変態マゾババアの性感を煽った。

「くふふっ、みんなが見てるっていってもさぁ、そんなに飢えた顔されたら触るしかないでしょ？　乳首もビンビンだし、太ももだってそんなにこすりあわせてさぁ～！　エロいにおいがプンプンしてるじゃないか」

「んあぁ、ち、違うわっ、そんな、においしてないぃぃっ……んんっ、ふぁあ♪　やめて、みんな見てるのに揉まないでぇっ……」

突如として始まった公然猥褻《こうぜんわいせつ》ショーに、周りは呆気にとられる。

「ねえ、このおばさん変態なのぉ？」

一番近くにいた女子大生風の茶髪女子が、尋ねてくる。

「うん、そう！ このおばさんは見てのとおり変態なんだよねぇ～！ 年甲斐もなくこんな格好して頭おかしいし、しかもお尻触られて悦んでるんだよっ！ 僕もつきあわされて大変なんだ！」

「ち、違うわっ、あぁ、これは、違うのぉ……わ、わたしの意思じゃなくて、む、無理やり辱めを受けているのぉ……！ んんふぅ、はぁああ」

いくら言い訳をしても、久美子の顔は紅潮し、息が荒くなるばかりだ。

「へぇえ、すごいね～……あたし、こういう変態の人初めて見たよ」

女子大生はどうやら僕のほうの言葉を信じているようだ。まぁ、ここまで発情してメスの香りを漂わせていたら説得力がないのは当然か。

「あ、あぁああ、ち、違うっ、違うわっ、違うのにぃっ……んふぅ、ふはぁ、わ、わたしは変態なんかじゃあ……ないのにぃ……」

女子大生は「それじゃ、がんばってね～」と言って手を振ってから離れていった。

すっかり久美子は見世物になっていた。

客寄せパンダならぬ、客寄せ変態ババアだ。

「ふふ……なかなか有意義なデートになってるねぇ。だんだん観客も増えてきたよ？」

「あ、あぁっ……や、やめてっ、こ、こんなことして大事《おおごと》になったらどうするの？　あなたもわたしも破滅だわっ……！」

「はは、いざとなったら僕だけ逃げるから破滅するのはおばさんだけだよ。万が一捕まったら、おばさんに強要されたって言えばいいし」

年齢的に見れば、まさか僕が主導したとは思われないだろう。

でも、まだ楽しむ前に騒動になってもしかたない。

僕は久美子の手を引いて、人の少ない小道へ移動した。

「……ああ、そうそう。僕のことはちゃんとご主人様って呼んでよ。そのほうが雰囲気がでるでしょ？」

「んっくぅ……な、なんでこんなことになってしまったの……？　こんな年下の子に支配されるなんて……」

往生際の悪い久美子は葛藤《かっとう》しているようだ。

世間の目に晒されたことで、自分たちの関係の異常さに気づいたらしい。

でも、僕はそんな久美子を現実には戻さない。

「ほらぁ、おばさん……僕のことをちゃんとご主人様って呼ばないと、ごほうびあげないよぉ～？　僕とのセックスの気持ちよさ、忘れちゃったのかなぁ～？」

執拗にお尻を揉みしだきながら促す。

揉むたびにお尻が熱くなり、股間が湿り気を帯びていくのがわかった。

やはり身体はちゃんと覚えているのだ。僕とのセックスが最高だってことを。

「んんっ、あふぅ……くぅうんっ……♪　はぁ、はぁあ……♪　わ、わかったわ……い、言うわっ……！　ご、ご、……ご主人様ぁあ……♪」

そう口にした瞬間――久美子はブルルッと全身を震わせた。

どうやら軽くイッたらしい。股間のあたりがさらに熱さを増した。

「くくっ！　まったく浅ましいメス顔だねぇ！」

そんな表情を見せられたら一気に勃起してしまう。

もう僕も辛抱できない。

「それじゃ、こっちでパイズリしてもらおうかなぁ！」

「ひぃいっ、ご、ご主人様ぁあっ……♪　あっあぁあっ！」

僕は久美子の衣服を引きずり下ろして乳房をむき出しにすると、傍《かたわ》らにあったベンチに腰を下ろした。

「ほら、ひざまずいてチンポに奉仕するんだ！」

「で、でもぉ、こんなところでおっぱい丸出しでパイズリなんてぇ……！」

久美子は生乳を両腕で隠しながら、キョロキョロと周囲をうかがう。

幸か不幸か、この小道には僕たち以外いなかった。

だが、いつ人が来るかわからない。

「早くっ！」

僕は足でダンと地面を踏み鳴らして、おどおどしている久美子に命じる。

「ほらぁ、パイズリしてよっ！　チンポをおばさんの無駄にでっかいおっぱいで挟みこむんだよぉ！　ひざまずいてっ！　早く！」

「は、はいっ……！」

僕の剣幕に押されて、久美子はおっぱいを隠すのをやめてひざまずいた。

青空の下で揺れる巨乳は、まるで熟した果実のようだ。

僕はその豊かな乳房を両手で鷲づかみにして、肉竿を挟みこませる。そして、強制的にパイズリをさせていく。

「んひぃいっ！　ふあ、あああっ！　こ、こんなっ、外でパイズリなんて……っ⁉　い、いつ見つかるかわからないのよっ⁉」

確かに、そのリスクはある。だけど、僕はいますぐパイズリを楽しみたい。

なら――マゾ奴隷である久美子は絶対に従うべきなのだ。

「ほらほら、世間の常識よりもご主人様である僕に従えよ、このマゾババアっ！　デカ乳

を上下に動かして射精させろっ！」

僕が本気だとわかると、久美子は観念したようだった。

「っわ、わかったわっ……！　ご、ご奉仕、させていただきますっ……」

久美子は自ら身体を上下に動かして、乳房で肉棒をこすり始める。

「ああ、いいぞ、ババアでもおっぱいはおっぱいだ！　柔らかい！」

しっとりと汗ばんだ乳房は自由自在に形を変えて、肉棒を圧迫してきて気持ちがいい。

しかも、野外でやっているというスリリングな状況なのでさらに興奮が煽られる。

「あくぅっ、こんなに人の多い昼間の公園でこんなことしてるなんてぇ……♪　んくぅ、はぁあっ……こんなことぉ、異常だわっ……♪」

そう言いながらも、久美子はパイズリを続けていく。

「ほら、もっともっと大胆にっ！　でっかいおっぱいしてるんだから、ダイナミックに動かすんだ。ほらぁ、もっとおっぱいでチンポを押しつぶして！」

「ふぁっあ！　お、大きな声を出さないでっ、こんなところ見つかったらぁ……♪　あぁあああ、早くっ、早く出してちょうだいっ♪　んふぅ♪　ふぅう♪」

こちらの指示に従って、久美子はより積極的にパイズリ奉仕をしていく。

柔らかい乳房に蹂躙される感触によって肉棒はますます硬さを増して、先っぽからカウパー液が溢れていった。膣内に入れるのもいいが、これもなかなか素晴らしい。

「ほらほら、カウパー液を乳房にこすりつけてローション代わりにするんだ」

「は、はいっ……か、かしこまりました、ご主人様っ……」

久美子は指示どおりに乳房をカウパー液で湿らせて、パイズリのスピードをあげていく。

ヌチュヌチュという卑猥な音楽が奏でられ、乳房と肉竿も熱さを増していった。

「ふあぁ、あぁあ、こ、こんないやらしい音を立てながら、外でパイズリしてるなんてぇえっ……♪ もう本当に頭がおかしくなりそうだわっ……♪ くふぅぅ♪」

興奮に伴って身体の上下運動も速くなり、快楽がガンガン肉棒を駆け抜けていった。

「くはぁっ！ そうそう、気持ちいいぞ！ やればできるじゃないか！ さすが変態マゾババアっ！」

「んふっぁあああ♪ 屈辱と羞恥でどうかしそうなのにぃっ……♪ どんどん身体が熱くなってぇっ、頭おかしくなっちゃいそう♪ あぁああ♪ 早く、ご主人様っ、出してぇ！」

久美子は早く終わらせようと必死になってパイズリしようとする。

だが、そこで——向こうからカップルらしき若い男女がやってきた。

「うぉっ⁉ ちょっ⁉ 露出狂か⁉」

「きゃあっ！ な、なにっ⁉」

驚きのあまり男女は立ちどまった。そして、呆気にとられたように僕たちの行為を見つめる。

「くっ……ほら、おばさん、見られてるよぉ？　どんな気持ち？」

「──っ⁉　う、うそ、こ、こんなところ見られてるっ……ひぃいっ⁉　あ、あぁぁ、ご、ご主人様ぁ……や、やめないとっ……」

「ははっ、ここまできてやめるなんてありえないでしょ？　ほらほらっ、早くパイズリで精液を出させてよ。あとちょっとだからさぁ！」

「あ、ああっ……か、か、かしこました、ご主人様ぁっ……んっ、んっ、んふぅう♪」

久美子は世間の目よりも僕の命令を優先して、パイズリを再開した。

むしろ、見られることでより興奮を強めているようにすら見える。

カップルは、そんな変態マゾババアの行動に目を丸くしていた。

「マジかよ……。こんな白昼堂々パイズリとか変態すぎだろ……」

「ご、ご主人様って……あの歳であんな子の奴隷？　うそでしょ……？」

カップルたちは呆れているみたいだが、あまりにも衝撃的すぎる光景に目を離せないようだった。

「ははっ、変態露出狂マゾババアにレベルアップした気分はどう、おばさん？」

「あ、あぁっ、へ、変態露出狂マゾババアだなんてぇ、ち、違うぅ、これは違うのにぃ、ふあっあぁあ♪　でもぉ、気持ちよくなっちゃうぅ♪　こんなのおかしいのにぃ、乳首がこすれてぇっ♪　オチンポから精液出してほしぃい♪　お願いしますぅ、ご主人様ぁ♪」

久美子はマゾ属性のみならず露出性癖にも目覚め、さらに激しくパイズリをしてくる。

やっぱり、もともと変態的な素質があるようだ。

「んくふぅあぁ♪　オチンポぉ熱くなってるっ♪　ふはぁ、見られて興奮するなんてぇっ、わたし変態ぃっ♪　変態だわぁ♪　でもぉ、パイズリご奉仕とまらないぃ♪　精液出してほしくてぇ、がんばっちゃうのぉお♪　あああ、精液ぃっ♪　ご主人様の濃くてください精液ぃ、いっぱい出してくださいっ♪　お願いしますぅうううううっ♪」

久美子の魂の叫びにカップルは圧倒されたようにあとずさる。

「すげぇな……ここまで淫乱とか救いようがなさすぎるだろ……」

「あんな年下の子に哀願するなんて、女捨ててるわ……」

だが、そんな反応は逆に久美子を燃えあがらせるだけだった。

「んっはあああ♪　見られてるぅっ、わたしの恥ずかしいところぉ、オチンポにデカパイで奉仕してるところ見られてるぅう♪　あぁあ、ください、ご主人様ぁ♪　ビクビクしてるオチンポからぁ、濃厚精液出してぇえええええええ♪」

「うっはぁ！　さすが変態露出狂マゾババアっ！　恥も外聞もかなぐり捨てて精液求めるなんて本当にどうしようもないなぁ！」

こちらからも激しく腰を振り、射精に向けてラストスパートをかける。

「んふぅうう♪　ご主人様っ、ご主人ひゃまぁああ♪　んふぅう、んっふぅう♪」

それにあわせて久美子もこれ以上ないぐらいパイズリを速めていき——ついに発射のときが訪れる。

「あぁあ！　出すぞ！　精液出すぞぉ！　くっおおおおぉおおおおおおっ！」

「んふあぁああああ♪　精液っ、出してぇえええええええええええええぇ♪」

乳房に押し出されるようにして、僕は激しく射精した。

たちまち精液のシャワーが迸って、久美子の顔やおっぱいを白く汚していく。

「んっふはぁあ〜〜〜♪　あぁ、あああぁああああ♪　濃い精液ぃっ♪　あぶぅっ、すごいぃい♪　ご主人様の若い精液ぃ、すごい勢いですぅうう♪　ふっぐぅうっ♪　精液浴びてるだけでぇっ……♪　イクッ、イックぅうううう〜〜〜っ♪」

久美子はビクビク身体を痙攣させながら、精液シャワー絶頂を迎える。

「マジかよ……！」

「う、うそ……！」

久美子のあまりの変態マゾっぷりに、カップルたちは青ざめていた。

一方トリップ状態の久美子は、ビクビク絶頂痙攣を繰り返すばかりだ。

「んはぁ♪ んぶぁあぁう♪ ひ、昼間の公園でぇっ、息子と同じ歳の子の精液ぶっかけられてイッちゃうなんてぇえ……♪ し、しかもぉ、見られながらなんてぇ……ふぐぅう、こんなの異常すぎるわよぉお……っ♪」

「ふふ、ずいぶんと気持ちよさそうじゃないか？ やっぱり久美子には露出願望があったんだねぇ……？ マゾな上に露出狂とか、本当に救いようがないよねぇ～？」

追い打ちをかける言葉責めに、久美子はブルルッと身体を震わせる。

「ふぁああ……♪ も、申し訳ありません、ご主人様ぁあ……♪ どうしようもないマゾ変態でぇ……誠に申し訳ございません……♪ だ、だけどぉ……こんなに濃いの浴びせられたらぁっ……♪ ふぐぅう♪ あはぁあ……♪ もう、におい嗅ぐだけでもぉっ……イッちゃいそぉおお♪ んふぅううう♪」

そして、再び軽く絶頂を迎えるのだから失笑を禁じえない。

「くははっ、まったくしかたないねぇ～。もう存在自体が公然猥褻罪だよねぇ？ ほら、カップル以外にもまた観客が増えてきたよ？」

さすがにあれだけ絶叫していれば、野次馬根性で見にくる連中もいる。

「えっ、なにあれ……ありえないんだけど」

「……AVの撮影？」

「というか、何歳だよ、あのふたりっ……」

やってきた野次馬は遠巻きにこちらを見ながら、ヒソヒソとしゃべる。

それなのに久美子の絶頂痙攣はとまらない。

「あ、あぁあぁあ♪　ぜ、ぜんぶ、見られてぇっ……♪　世間の人から陰口叩かれてぇ、貶《おとし》められてるぅう♪」

「はははは、そうだよ、ぜんぶ見られて関わりあいになりたくないって思われてるんだ。そりゃあそうだよねぇ～？　こんな真っ昼間の公園で年下の男のチンポに夢中になって精液浴びてイキまくってるマゾババアなんかとは普通は関わりたくないよねぇ？」

もう僕としても、どうなろうと知ったこっちゃない。

とことん目の前のメスを調教することしか頭になかった。

「ひひひひっ！　もうこうなったら徹底的にやるかぁ！　今度はみんなが一生トラウマになるような変態マゾババアのハードなセックスを見せつけてやるよぉっ！」

「あ、あぁあっ♪　ゆ、許してぇっ……もうやめてっ、ご主人様ぁあっ……♪」

「ははは、こんな状況でも興奮してるのがバレバレだよぉ！　おばさんは本当に説得力がないよねぇ！　ほら、思ってもないことを言った罰だ！　自分からまたがって入れるんだ！」

「あっ、あぁ、も、申し訳ありません、ご主人様ぁ……わ、わかりましたぁ……も、もうわたしもぉ、覚悟決めましたぁあっ……♪」

久美子は吹っ切れたように笑みを浮かべると、いまだに勃起したままのチンポにまたがり、そのまま座るように呑みこんでいった。

「んぉおっほおぉおおおお♪　くふぅううう♪　んふあぁぁ♪　入ってるぅっ、わたしぃ、こんな場所でっ、多くの人に見られながらぁっ、オチンポ挿入してるぅううう〜〜♪」

膣内はグッチョグチョでアツアツだ。しかも、膣穴は痛いぐらいに収縮してきて精液を搾りとろうとしてくるのだからたまらない。

「くっはぁっ！　興奮しまくってるねぇっ！　ザーメン浴びてイキまくった腐れマンコ、チンポ咥えてうれしそうだぁ！」

「んふくぅうう♪　う、うれしい、うれしいですぅ♪　ご主人様の若いオチンポ咥えこめてぇ、マンコ悦んでますぅ♪　んふおぉ、おぉお♪　腰が勝手に動いちゃう♪　んひぃい♪」

久美子は腰を激しく動かして、ジュポジュポと結合部から卑猥な音楽を奏でる。同時に愛液がビチャビチャと地面に飛び散っていく。まさかの公然セックスショーの開始に、野次馬たちはざわつき始めた。

「おいおい、マジでセックス始めやがったぞ！」

「な、なによ、これ……？　夢でしょ？　ありえないんだけど……」

「動物じゃねえんだから外でするなよ……」

驚愕や軽蔑、嘲りの言葉を浴びせられても、久美子の腰振りはとまらない。

「いひぃ、見られてるっ、若いご主人様のチンポで交尾してるところぉ！　こんな格好で、浅ましく腰を振ってるところぉ、見られてるぅううう♪」

「くはは、マゾババアのセックスなんていい見世物だしねぇ〜！　動物園でパンダ見てるよりは面白いんじゃないかなぁ？　ほらほら、みんな見てるんだからさぁ、もっとサービスしたらぁ？」

促すように奥を突くと、久美子は喘ぎ声のボルテージをあげる。

「んぐぉっほぉおーーー♪　奥ぅうう♪　ぶっといオチンポで奥こすりあげられるのぉ、いいのぉおおーーー♪　あはぁあああ♪　こんな姿ぁ知人に見られたら破滅なのにぃっ、と、とまらないぃ♪　気持ちいいのに逆らえないわぁああああーーー♪」

本能丸出しの淫獣っぷりに、野次馬たちも圧倒されているようだった。

「マジで獣だな……」

「本当に、気持ちよさそうね……」

「AVよりすげぇ……」

そんな反応でさらに興奮を高めながら、久美子は浅ましく腰を上下させる。

「んほっおぉおお♪　とまらないぃ♪　オチンポ気持ちよくてぇ、腰ぃ、とまらないわぁああ♪　ねばっこいカウパーが子宮口にドバドバかかってきてぇ、射精おねだりしてしまうのぉおおっ♪　んぉっほぉおおお♪」

「くぅうおっ⁉　ああ、いいぞ、亀頭が奥に吸いこまれるっ！　んくぅっ！　いい感じだ、そのまま動けぇっ！」

「んひぃいいいい♪　か、かしこまりましたぁあ♪　このまま若いご主人様のオチンポにイッていただけるようにぃ、おばさんがんばりますぅううう♪」

まるで周囲にアピールするように淫らな腰振りダンスをして、愛液を飛び散らせる。

ベンチの周りは、すっかり淫液で濡れてしまった。

「くはは、ほかのメスが近づけないように愛液でマーキングしてるみたいだねぇ！　本当にババアは貪欲でしかたないなぁ！　ほらほらぁ！　僕のチンポを独占したいなら、もっとがんばれよ！　若いチンポにハマったド変態の顔をもっと見せつけろぉ！」

「んっひぃいい♪　か、かしこましたぁあ♪　がんばりますっ、がんばらせていただきますぅうう♪　んっはぁあ♪　み、みなさぁんっ、見てっ、見てくださぃい♪　ド変態マゾ露出狂ババアのぉ、淫獣そのものの腰使いぃいいいっ♪　息子と同じ年齢の若いオチンポにドハマりしたぁっ、母親失格の救いようのない淫乱ビッチの姿を見てぇえええええ♪」

エスカレートする一方の久美子のセックスアピールに、野次馬たちはどよめく。

「えっ！　そんな歳離れてんの⁉」

「あ、あれで母親なのっ⁉」

「息子かわいそうだな……」

野次馬の反応が大きくなるにつれて、膣内の収縮と痙攣も激しさを増していった。

「んっひぃいいい♪　見てるぅ♪　みんな、こんなおばさんの恥ずかしい姿を見てるぅううう♪　あぁああ♪　視線が突き刺さるぅううう♪　似あわないパツパツスカート履いて年下チンポに溺れてる姿見られてるぅうっ♪　おぉほぉお♪　おほぉおおおおお♪」

「うぐあっ！　子宮がチンポを咥えこんで離さないぞっ！　くぉあぁあっ！」

絶対にこのまま膣内で射精させるという意思を感じる。

やっぱり久美子はとんでもない淫乱貪欲スケベババアだ。

「んっひぃい♪　お、お願いしますぅう♪　このまま中でイッてくださいぃ♪　見られながらぁ、ザーメンでイキたいのぉおお♪　マンコの奥にぃ、ご主人様の若い精液ぃ出してくださいぃいい♪　淫乱変態露出狂マゾババアに中出ししてぇえ♪　孕ませてっ♪　妊娠させてぇえええええ♪」

魂の叫びとともに久美子は激しく身体を仰け反らせる。そして、狭まった膣穴がさらに肉棒を締めあげた。もう僕も限界だ。

「くっはぁあ！　出すぞぉ！　孕ませてやるからなぁ！　くふぉ！　出るうぅ！　うぐっはぁあああああああっ！」

　血液が沸騰しそうなぐらい興奮しながら、膣奥深くに精液を放つ。精巣が破裂したかと思うぐらいものすごい勢いで精液が噴きあがり、快楽が次々に迸っていった。

「んぎっひぃいいいいい♪　しゅごい勢いできてるぅううっ♪　生中出し精液ぃ♪　すごい熱くてぇ卵子溺れちゃうぅううう♪　んごっほぉおお♪　おぉおおほぉおう♪　子宮がイッてるぅううっ♪　イキまくって潮噴いてるぅうう♪」

　その言葉どおり結合部からは潮が迸っていた。それに負けじと、こちらも次々と精液を噴きあげていく。野外ということもあって、いつもよりも爽快感があった。

「ほっおぉおおおうぅう♪　ご主人様の精液ぃ、まだ出てくるぅう♪　おほぉおっ、んひぃ、んっひぃいい♪　精液で卵子溺れる悦び知っちゃったらぁあ♪　もう地位も名誉もどうでもよくなっちゃうぅ♪　あぁーーー♪　気持ちいいっ♪　いぃいいーーー♪」

　狂おしく絶頂しまくる久美子に、野次馬たちは唖然としていた。

　まさに、淫乱変態露出狂マゾババアの野外リサイタル状態だ。

「あひぃいいい♪　市民の皆さんに見られながらぁ、中出し受精できてぇ、しあわせぇえっ、こ、こんな日がくるなんてぇ♪　思いもしなかったですぅうっ……♪　んふぅうう♪」

「はは、もうみんな目が点だよ。言葉もないって感じだねぇ。ここまですごいショーになるなら、巧海にも見せてやればよかったかなぁ？」

「あっ、ああっ……んひぃ、ひぃ……た、巧海ぃ、ご、ごめんねぇっ、ママはオチンポに、ご主人様のオチンポに逆らえないのぉおおおっ♪　許してちょうだいぃい……♪」

息子の姿を幻視しているのか、ビクッビクッと身体を震わせて膣内を締めつけてくる。

もはや自分の快楽のためならば身バレしてもかまわなさそうだ。

本当に若いチンポにドハマりしたババアは、どうしようもない。

「ふふ、それじゃあ、おばさん。これからも楽しもうね？」

「は、はぃい♪　ご主人様にご迷惑かけてきた息子の代わりにぃっ、たっぷりとこれからも謝罪とご奉仕をさせていただきますぅう♪」

「というかさぁ、息子をダシにしてるだけじゃないのかなぁ？　だって、おばさんのマンコこんなに僕のチンポに媚びてるよぉ？　たとえば、僕が巧海を許しちゃったら、困るのはおばさんじゃないかなぁ〜？」

「あぁんっ、ご、ごめんなさいぃ……そ、そのとおりなのぉっ、息子の謝罪を言い訳にしてぇ、わたしオチンポにご奉仕したいだけぇ♪　こんなに素晴らしいオチンポ知っちゃたらぁ、もう息子のことなんかどうでもよくなっちゃうぅう〜♪　あっあぁあ♪　とろけすぎてぇっ……ご主人様っ、で、出てしまいそうぅっ♪　こ、こんな場所でぇっ、みなさんが見ている前でぇ、粗相してしまいますぅうっ♪」

これまでとは違う痙攣が結合部に走った。

これは、どうやら尿意のようだ。

「はは、サービス精神旺盛だねぇ～！　それじゃあ、見せてあげなよ！　デートの締めにおばさんの尋常じゃない変態っぷりを見せつけるんだっ！　そらっ！　ダブルピースでみんなに最後のアピールだよっ！」

「んふっはあぁ♪　かしこまりましたぁ♪　みなさぁ～～ん♪　み、見てぇ～♪　淫乱変態露出狂マゾババアのおしっこぉおおお～♪　んほぉおっほぉおお～～～～～♪」

――ジョロロロロロォオオ～～♪

久美子はそのままアヘ顔ダブルピース放尿を開始した。

「んおぉおお～～♪　おしっこぉおお～♪　気持ちぃいいい～～～♪　ご主人様の命令でおしっこするとぉ気持ちよすぎるぅうう～～～♪　淫乱変態露出狂マゾババアの絶頂おしっこぉ見てぇ、見てぇええええ～～～～♪　んっほおおぉおおおおおお～～～♪」

大量の絶頂小便によって、たちまちベンチの前には汚い水たまりができあがった。

絶句していた野次馬たちも、あまりの光景にさらにショックを受けたようだった。

「すげーもん見ちまった……マジで一生夢に見そうだ……」

「なに、あれ……もう女も人間も捨ててるじゃない……」

「完全に動物以下だな……」

だが、そんな反応も久美子を悦ばせるだけだ。

「動物以下だなんて、ひどいわぁっ♪　で、でもぉ、人間やめるの楽しいのぉお♪　おぉおおおっほぉおおう♪　ご主人様ぁああ♪　人間やめさせていただいてぇ、ありがとうございますぅうう♪　あぁあああ♪　またくるぅう♪　極限羞恥でまたイクぅううう♪」

「くぅ！　なら、最後に僕からプレゼントだ！　チンポから出るのは精液だけじゃないからね！　うっはぁあ〜〜！」

肉棒を膣内に挿入したまま、僕もこみあげてきた尿意を解き放った。

「んっひいぃいいいっ♪　こ、これぇええ♪　せ、精液ぃっ……じゃなくてぇ、おしっこ、おしっこぉおおお♪　すごい勢いできてるぅうううう♪　ふぁあああ♪」

新たなる刺激によって、久美子は再びビクビ

クと身体を痙攣させる。

　小便でも感じるなんて、本当にどうしようもない肉便器だ。

「おぉおおぉおおおほぉおおお♪　便器扱いされてるのにぃ、精液じゃなくておしっこなのにぃ♪　身体が悦んじゃってるぅううう♪　んほおぉおおお♪　とまらないぃい、イクッ、イクぅううう♪　おしっこでイクぅううぅう〜〜♪　あーーーーーーっ♪」

　久美子は放尿によってさらなる絶頂を迎えた。

　あまりのすさまじさに、観客たちは一斉にあとずさった。

「うわぁ……マジかよ」

「ひぃいっ……もう、悪夢よ、これ」

「もはやホラーだろ……」

　野次馬たちも、もはや現実の光景とは思えないらしい。

　だが、周りがドン引きすればするほど被虐心を強めて久美子は絶頂し続けるのだった。

「ふふ、小便されてイキまくるなんて、おばさんは本当に肉便器だねぇ〜？　もうなんというか完全に人間やめちゃってるよね？」

「おおぉおほぉおお♪　は、はいぃ♪　わ、わたしぃ、もうわたし人間やめちゃってますぅう♪　世間体よりも快楽優先しちゃうドスケベなマゾババアですぅ♪　んおぉ♪　お、おしっこされただけでイキまくるぅ人間便器ですぅうう♪」

「あははは っ！　すっかり堕ちたねぇ！　それじゃ、おばさん！　僕に誓ってよ。これからもずっと僕専用の肉便器だって！　ほらっ！」

促すように思いっきり肉棒を奥まで叩きこんでやった。

すると、久美子の表情がしあわせそうに歪む。

「んぐぉっほぉおおおおおお♪　ち、誓いますぅううっ♪　わたしはぁっ♪　これからもずっとぉ、ご主人様の肉便器ですぅううっ♪　ここにいるみなさまが証人ですぅ♪　わ、わたしはぁ♪　息子のいる母親のくせにぃ♪　息子と同じ年齢の若いチンポに夢中になってるぅ真性淫乱変態露出狂肉便器マゾババアですぅううっ♪　おふうほおぉおぉお♪　ま、またイクッ♪　イックぅうーーーーーーーーー♪　あああぁーーーーーーー♪」

久美子はこれ以上ないほど淫らなアへ顔をさらしながら、潮と尿を同時に迸らせて絶頂を迎えた。

もう野次馬たちは声を出すこともできない。

人間は許容範囲を超えた事象に遭遇すると、思考が停止するようだ。おかげで、ここまで派手に公然猥褻ショーをしたにもかかわらず警察に通報されることもなかった。

——こうして僕は久美子をさらに自分好みの肉便器奴隷へと進化させたのだった。

第三章　肛虐会議調教

ご主人様の破天荒な調教によって、わたしは自分の中に秘められていたマゾ性のみならず露出性癖もさらけだすことができた。

ご主人様の発想と行動力は、わたしの想像を遥かに超えている。

わたしも会社を経営しているから実行力や想像力の大切さはわかっているつもりだったが——ご主人様の力はわたしの想像の遥か上をいっていた。

これまでの人生観が変わるほどの経験と快楽を味わったことで、わたしの心の中にご主人様への確かな忠誠が芽生えていた。

最初は悪魔のような子だと思ったけど——もしかするとご主人様は神のような存在なのかもしれない。だって、あの年齢ですでにわたしをここまで服従させているのだから——。

●　●　●

公園での公然猥褻露出ショー以降も何度か調教デートを繰り返し、久美子は日々エスカレートしていった。

だが——僕としては物足りない。

人間とは慣れる生き物だ。

外で何度も調教しているうちに、久美子の心の中に余裕ができてきたことを感じる。

ならば、主人として新たな調教を施さねばならない。

そこで僕は、とあることを実行することにした——。


僕が今日やってきたのは——久美子の経営する会社の社長室だ。

機能的な作りをしながらも豪華さを感じさせる部屋は、まさに社長のための部屋。

フカフカのソファが、なかなか気持ちいい。

その座り心地を楽しんでいると、傍らの久美子は困ったような表情を見せる。

「ん、どうかした？」

「いっ……いえ、その……突然の来訪に驚きまして……」

「ふふ、受付の人も困惑していたようだったねぇ～。まぁ、大丈夫だよ。まさか会社の人もこんな年齢の僕が社長様のご主人様だなんて思ってないって！　巧海の友人だって思ってるよ」

「は、はい……しかし、わたしたちの関係がバレたら……」

と、そこで――コンコンとドアがノックされた。

久美子は瞬時に肉便器から女社長の顔になると、傍らの端末を操作してドアの向こうに答えた。

「……なにかしら？」

「お忙しいところ失礼いたします。いま大丈夫でしょうか……？」

秘書らしき女性の声が聞こえたので、僕も会話を盗み聞きすることにした。

「大丈夫よ。用件を言いなさい」

「は、はい。予定していました会議の準備が整ったのですが――」

「会議？　……あなた、そんなことをいちいち報告するなんてなにを考えているの？　もしわたしが仮にお客様と重要な取引でもしていたらどうするつもり！」

「も、申し訳ありません。で、でも、会議になったら知らせてくれって……」

「メールなり、内線なり、お客様に迷惑にならない手段を使いなさいっ！」

「ひぅっ、ご、ごめんなさい……いえ、申し訳ありません！」

「そもそも次の会議はこの部屋のＰＣで受けるって言ったはずよね？　オンラインの準備はできてるの？　各支部と連絡は取れた⁉」

「え？　あ、えっと、か、確認してっ、メールで連絡いたしますっ！」

プツンと音声が切れて、慌てて秘書らしき人が立ち去る気配がドアの向こうから伝わってきた。

「くく、まさにデキる女社長って感じだねぇ～？　高圧的に振る舞うことで、下の連中を委縮させて従わせるってわけだ」

　ある意味、僕の調教方針と似ているところがある。

　僕の奴隷である久美子が部下を奴隷のように扱っているところもまた面白い。

「ふふっ……まぁ、会社経営ってのも大変そうだねぇ～。そりゃぁ、こんなふうに表情が険しくなるのも当然かぁ？　それだけストレス溜めてれば、反動でマゾや露出狂になるのもうなずけるねぇ～」

「……ご、ご主人様、わたしはまだ仕事がありますので……今日のところは帰っていただけませんでしょうか？」

「ふふ、まだきたばかりじゃないか。それに、僕がわざわざ会社にきたのはもちろん調教のためだよ？　一発も出さずに帰るわけないじゃないか」

　僕の言葉に、久美子は血相を変える。

「──っ⁉　ま、まさか会社でしようと言うのっ⁉　そ、それは許してちょうだいっ！　い、いえ、お許しくださいっ……！　仕事が終わったあとにほかの場所でならっ、よ、喜んで……そのっ……ご、ご奉仕させていただきますからっ……」

「ははっ、肉便器奴隷の分際で僕の調教を断ろうなんて十年早いねぇ～！　そらっ、ご主人様がいまこの場所での奉仕を望んでるんだから、それに従うんだよぉっ！」

「ひぅうっ……！　で、でもぉ……！」

「でもじゃない！　ほら、会社で一番偉い女社長さんっ？　まずは僕のケツの穴でも舐めてみようかぁ？　肉便器マゾババアにはちょうどいいくらい屈辱的だよねぇ？」

外での調教に慣れてきても、やはり会社内となるとプライドが邪魔をするようだ。

だからこそ、僕はアナル舐め奉仕を強要することで粉々に破壊することにした。

「ほらっ、早く奉仕しろっ！」

僕はズボンと下着を下ろし尻を突き出した。

「っあぁ！　こ、こんな場所でっ……そんな屈辱っ……こ、こんなところ、もし社員に見られたらぁっ……」

「くく、いいから舐めろって、マゾババア！　そのスリルがいいんだろ？　ほらっ！　ご主人様が舐めやすくしてるんだから、さっさとしろ！」

強く命令すると、久美子はビクンッと鞭に打たれたように身体を震わせた。

そして、観念したようにうなだれる。

「ん、んくぅっ……あ、あぁ、……わ、わかりましたぁ……わ、わかりましたから、大きな声を出さないでください、ご主人様ぁ……♪」

抵抗を諦めるとともに、久美子の被虐心が首をもたげるのが僕にはわかった。

やっぱり、どうしようもない真性マゾババアだ。

「ほら、舐めろよ」

「は、はいっ、か、かしこまりましたぁ……♪ あ、あぁ……ありえないわっ……♪ か、会社でアナル舐めなんてぇえ……♪ んくぅ、んはぁ、れろぉお♪」

そのまま酩酊したようにフラフラとお尻に顔を近づけていき——肛門に向かって舌を伸ばしてきた。

くすぐったいような気持ちいいような不思議な感覚だ。そして、なによりも——すごい征服感がある。

「くはぁ、女社長に社長室で尻穴舐めさせてるなんて興奮するなぁ〜! ほらっ、もっといい感じに頼むよ。もっと大胆にっ!」

「んっ、ふぅうう♪ わ、わかりましたぁ……♪ ご主人様のアナルに一生懸命、ご奉仕させていただきますぅう♪ んれろぉ、れろっ、ちゅうっ♪ ちゅぅ、じゅるるぅ♪」

興奮した久美子は、舌を積極的に動かし、押しつけ、むしゃぶりついてきた。

「おほぉ、いいぞっ! ほらほら、もっと、もっとだ!」

「んはぁ♪ はぁい♪ ご主人様に満足していただけるようにぃ、がんばりますぅ♪ んむじゅるるぅ♪ んれろっ、れろれろれろぉお♪ ぢゅるる、ぢゅっずうぅうう——♪」

下品な音を立てながら、久美子はアナル舐め奉仕に夢中になる。

まさかいま働いている社員たちは、女帝のような女社長が社長室でこんな屈辱的なことをしているとは思いもしないだろう。

「ねぇ、いまどんな気分？　正直に言ってみてよ？　女社長様ぁ～？」

「んふぅ……♪　い、いまの気分はぁ……♪　わ、わたしぃ♪　社長なのにぃっ、ここはわたしの城なのにぃっ♪　アナル舐めさせられてぇ、屈辱と羞恥で感じちゃうぅ♪　こんなこと異常なのにぃ♪　もっともっとケツ穴奉仕したくなるぅうう♪」

心情をさらけだすことでさらに興奮した久美子は、舌先を尖らせてズボズボと肛門に突っこんできた。

「くふぅ、いいよぉ、それっ！　ほら、あとは手コキもして！」

「はいぃ♪　かしこまりましたぁあ♪　んっ、れろっ、んふぅ♪　んんぅう♪」

アナル舐めを続行しながら、竿をつかんでしごき始める。異なる快楽があわさって、こちらの腰も勝手にビクビク動いてしまった。

「くはぁっ、もしこんなところ社員の誰かに見られたらどうなんだろうねぇ～？　会社に君臨する女社長がメス顔晒してアナル舐めしてるの見たらショックで会社やめちゃうんじゃない？　いっそ、誰か呼んで見てもらう？」

「んふぅうーっ♪　ふはぁ、そ、それはだめよっ♪　こんなところ見られたらぁ、社員がショック死しちゃうぅぅ♪　ぢゅるぅ♪　れろぉっ♪」

　ドＭで妄想力豊かな久美子は、実際にその場面を想像したのか身体を震わせる。そして、その妄想を慌てて打ち消すように、ますます熱心にアナル舐め奉仕を強めていった。

「ぢゅずぅう、ぢゅっぱっ、はぁあ♪　んぶはぁあ♪　ぢゅばばばば♪　ぢゅぶぅ♪」

「くぅう、なに？　そんなに僕のケツ穴に奉仕できるのがうれしいのぉ？　くぅうっ」

「は、はいぃ♪　ご主人様にご奉仕できるのがぁ、なによりの悦びですぅう♪　ぐじゅる、ぢゅふぶぐっ♪　ですからぁ、精液出してくださいっ、お願いしますぅう♪　金玉からぁ、濃厚なのぉ、出してぇええ♪　社員に怪しまれないうちにぃ、早く出してぇええええ♪」

　久美子はすべてを振り払うように、アナルを舐めまくり、竿をしごきまくってくる。

「くふほぉっ、その必死な姿、社員だけじゃなくて巧海にも見せてやりたいねぇ～！」

「くふぅっ！　そ、それはだめぇっ、社員に見られるよりもっとだめぇええ♪　わたしがご主人様のケツ穴舐めてるところなんて見せたらぁ、んふぅうう♪　なにもかもおしまいだわぁあああぁ♪」

　そうは言いながらも、まるでそれを望んでいるかのように聞こえる。

　言葉ほど信用できないものもない。メスマゾ肉便器奴隷となると、なおさらだ。

「くくっ、あらためておばさんのどうしようもない変態っぷりがわかったところで、そろそろイキそうだよぉ！　ほら、ラストスパート！」

「はひぃ♪　かしこまりましたぁあ♪　ぢゅずずるぅ♪　アナル舐め手コキでぇ、どうかイッてくだひゃいませぇええ♪　ぢゅずぢゅるぅ♪　ぢゅばぢゅば、ぢゅるるうっ♪」

社長室の外にまで聞こえそうなほど激しい音を立てながら肛門にむしゃぶりつき手コキスピードを加速させていく。

「んふぅーっ♪　きてるっ、きてるわぁ♪　ズッシリ重い金玉袋が震えてぇ、精液出したがってるのわかるわぁあ♪　んはぁ♪　だしてぇ♪　どうかマゾ奴隷肉便器にぃザーメンいっぱいお恵みくださいぃいい♪」

射精の前兆を逃すことなく奉仕を強めてくるのはさすがだ。

僕としても、その快楽に自然と身を委ねていく。

「くぉお！　出るっ、出るぞぉっ！　くおぉおお、イクぞ、マゾ奴隷肉便器ぃっ！」

「んふぅあ♪　だしてぇっ、ご主人様ぁあ♪　お願いしますぅうう♪　社長室でアナル舐め手コキしてるド変態スケベ女社長にぃ、くっさい精液だひてぇえええええええ♪」

「うっはぁあああああああああああっ！」

征服感と快楽が最大値に達するとともに、猛烈な勢いで精液を発射した。

「んっはぁああ♪　あふう♪　オチンポぉ♪　ご主人様オチンポイッてるわぁ♪　わたしのプライドをかなぐり捨てた必死のアナル舐め手コキでイッてくださってるぅうっ♪」

主人を射精に導けた悦びに声を弾ませて、久美子はさらにシコシコと肉棒を手コキしてきた。快楽が重なって、一気に増幅されていく。

「くほぉ、わかってるじゃないか！　そうだ、搾りだせっ！」

「はぁい♪　いっぱいだしてくださいねぇ♪　ぢゅるるっ♪　んれろぉ、んむちゅう、あぶっはぁあ♪　精液っ、いっぱいだしていたけてうれしいぃ♪　でもぉ、こんなすごいにおいしたらぁ、社員にバレちゃうわぁ♪　あふぅん♪　ぢゅずずぞぞぉ♪」

妄想でさらなる快楽と興奮を覚えたらしい久美子は、無我夢中で肛門に吸いつく。

「ははは、すっかりアナル好きになっちゃったみたいだねぇ！　さらに変態度がアップして、もう存在自体が猥褻物って感じだぁ！」

「んふはぁあぁ♪　すべてご主人様のおかげですぅう♪　変態になる悦びを教えてくださってぇ、ありがとうございますぅう♪　んちゅう♪　ち

ゅうう♪ んぢゅぅううう♪」

こちらに感謝の気持ちを伝えるように肛門に熱烈なキスを繰り返してくる。

人の上に立つ女社長ということでサドっぽい人格が形成されていたのかもしれないが、その反動でマゾ性が心の奥底で肥大していたのだろう。

なかなか社会的地位やステータスというのも厄介なもののようだ。

「ふふ……今日の調教は、まだ終わりじゃないよ？ 会議はPCでやるんでしょ？ なら、僕も参加するよ。画面に映らないように後ろから調教しながらね？」

「あぁ、ああ、そ、そんなぁ……♪ それではバレてしまう可能性がぁ……ゆ、許してください、ご主人様ぁ……♪」

「くはは、相変わらず説得力がないねぇ。調教を受けたがってるのバレバレだよ？ そら、準備しなよっ！」

「んくふぅう♪ ご、ご主人様にはすべてお見とおしなんですねぇ……♪ わ、わかりましたぁ……♪ 準備させていただきますぅう♪」

久美子はPCを操作してWEBカメラを使った会議の準備を整えていった。

そして、いよいよ——会議兼調教が始まる。

「み……みんな映像は届いているかしら？　……わたしは、別の仕事もあるから社長室からの参加になるけれどっ……」

カメラには久美子のキリッとしたビジネス向けの顔が映っている。

しかし、下半身はむき出しで四つん這い状態だ。

そして、僕はというと久美子のケツの前に陣取り、会議の進行を見守りながら調教を進めることになっていた。

なにも知らない社員たちは真面目な顔で応答していく。

「はい、映像届いております」

「こちらも問題ありません」

「……ちゃんとマイクもとおってるみたいね？　それじゃあ、報告を始めてちょうだい」

こうして会議は始まった。

僕はまず、久美子のケツ穴を観察する。

アナルセックス経験はないようで、締まりはよさそうだ。熟女ということで色素の沈着も懸念していたが、なかなかきれいなものだ。

「……あなたの部署の報告は以上？　いまのところ問題はないようだけど、このままだと予算の確保が急務になるわよ？　そのあたりについては？」

すっかり女社長モードになった久美子は、部下に質問をするなどして真面目に会議を進めていく。

こうして夢中になってきたタイミングで不意打ちで調教するというのもありだろう。

僕は、持ってきていたカバンからローションの入ったボトルを取りだした。

この調教のために、わざわざ購入しておいたのだ。

「ふふっ……それじゃあ始めるか」

僕はローションをケツ穴に垂らすと、指を挿入していった。

「んっふぅっ⁉ んんぅっ♪ ……そ、その話はっ、き、聞いてないわっ！」

久美子は嬌声をあげながらも、どうにかごまかして会議を進行する。

「……くく……力を抜かないと駄目だろぉ～？ ほらほらっ、力を抜くんだよぉ～」

僕は会議の進行を無視して、ローションまみれの指先をズポズポと突っこんでいった。

「っ、ふぅうっ、ふぐぅうっ♪ き、聞いてないわっ、そ、そっちはぁ……♪ だ、だめよぉ♪ ……ふあっ、あぁ……穴がぁっ……♪」

「社長、計画に穴があるということですか？」

「ふっぐぅっ♪ そ、そうよっ、そっちは経験ないからぁっ……いきなりはぁ……♪」

こんな状態でもうまくごまかしている久美子だが、そうなると逆に邪魔したくなるのが人情というものだ。

「……くく……それじゃあ、次はぁ……アナルビーズだよぉ～」

僕はさらに調教用アイテムを取りだして、久美子に使うことにした。

ビー玉ほどの大きさが連なるアナルビーズを指で押しこんでいくと、ひとつずつ肛門にヌルンッ、ヌルンッ♪と入っていった。

「んおぉおっ⁉　うぅう！　んふぅうんんんっ♪」

「ど、どうしました、社長⁉」

「な、なにかありましたか⁉」

たまらず嬌声をあげる久美子に社員たちは心配そうな声をあげる。

「い、いえっ……！　な、なんでもないわっ！　つ、続けなさいっ……！　んふぅ、な、なんでもないからぁあっ……♪」

どうやら力づくで流すことにしたようだ。社員たちは困惑の表情を浮かべるが、久美子の目力に負けて会議を進行していく。もちろん、僕も調教を同時進行する。

「んぐふぅっ……ふはぁっ、はぁぁ……♪　あくぅ、あぁ、だ、だめよぉっ、やっぱり、そこはぁ……♪　んぁあぉおお♪」

「しゃ、社長、だめでしょうか？　あの、どの部分に問題が……」

「……そ、それはぁ、んんふぅうっ♪　ふ、深くまで入りすぎてるからぁ♪　そ、そんな奥までぇえっ……♪　おふうぅっ♪」

「な、なるほど……つまり、深入りしすぎだということですか？　た、確かに、万が一のリスクも考えるべきですね。さすが、社長です！」

なかなか久美子も粘るものだ。とっくにバレてもおかしくないのだが、うまくごまかし続けている。

「こ、これぐらい、当たり前よっ、社長たるもの、常に前後の状況を考えるものなのよっ……ふぅう……ま、まだ、終わっていないでしょうっ……？　つ、続けなさい」

ちなみに、久美子の前穴はグチョ濡れでポタポタと愛液をこぼし、後ろ穴はヒクつきを繰り返していた。

そこで今度は、アナルビーズを抜けない程度にピンピン引っ張って、肛門をフジツボのように内側から盛りあげてみた。

「んんくふぅううう♪　ひ、ひぃっ♪　引っかかってぇっ……んふぅうっ♪」

「えっ？　社長、なにかひっかかるところが――」

「な、なんでもないわっ、つ、続けなさいっ、わたしの言葉にぃ、いちいち引っかからなくてぇいいからぁっ、んふぅ、つ、続けるのよぉおっ♪」

その言葉に甘えて、僕はクイクイとアナルビーズを引っ張って遊ぶことにした。

「んふぅう♪　ふぐっ、んふぅっ♪　ふは、はぁあ、や、やめてっ、それはぁあっ♪　んぐぅっ、そ、そんなに、いじりたいっならぁっ、ま、前をっ、いじってちょうだいぃ」

「ま、前ですか？　つまり、前期分でしょうか？」

「えぇ、そのとぉおおおおり♪　ま、前をいじってちょうだいぃいい♪」

アナル快楽に耐えられなくなったようで、マンコをいじるように哀願する久美子。

だが、あくまでこの調教のメインはアナルだ。

僕は哀願を無視して、アナルビーズを出し入れし始めた。

「んふおぉおおお♪　と、ともかくぅ♪　じ、自分の成すべき仕事をなさいぃ♪　んふ、んふうっ、んふぅ♪　こ、こんなこと覚えたらぁっ、とまらなくなるからぁっ♪　んひぃい♪　や、やめなさいぃいい♪」

「あ、あの社長、な、なにをやめれば……」

「んんぅ♪　だ、だ、だからぁ、いちいちわたしに頼るのをやめるのよぉおお♪　んっ、ふぅうう♪　こ、こっちはこっちで大変なんだからぁああ♪　んひぃ、んぎひぃっ♪」

社長を務めるだけあって、頭の回転の速さと弁舌はそれなりのようだ。

何度も窮地に陥りつつも、うまくかわしている。

「も、申し訳ありません、確かに、わたしたちはいつも社長に頼りきりで……」

「社長が今日の会議で、ずっとご立腹なのも理解できました。わたしたちが情けないばかりに多大なストレスをかけてしまい……大変申し訳ありませんでした！」

社員たちはバカなのか真面目なのかわからないが、久美子の言葉を信じきっている。

アナルを調教されているだけなのに、殊勝な態度で謝罪しているのだから哀れというかアホらしいというか。僕としては社会人の大変さに同情する面もあるけど――でも、調教をやめる気はさらさらない。

「んっふぅ、ふぐぅ……♪　わ、わかればいいのよ……♪　わ、わたしも今日はちょっと怒りすぎてしまったと反省しているわっ……んくふう、ふぐっ……ふぐぅっ……♪」

アナルパールの出し入れに耐えながら、もっともらしいことを口にする。

しかし、このまま久美子の思いどおりに進むのも面白くない。アナルパールをつかむと、不意打ちで一気に引き抜いてみた。

「んっおぉおおおおおおおおお!?　か、会議にぃ、集中しなさいいぃいいっ♪　ほ、報告ぅ、支部の音声がっ、小さいわっ！　もっとボリュームあげるわよぉっ！　んんぅうっ♪」

久美子は自分の絶叫をかき消すために部下たちの音声をあげ、自分のものは下げた。

「んおぉおおおっふっぐぅうっ♪　ふぐうぅ、ふぎっ……ひぃ、ひぃいいいいい♪　んひーんひぃ、んひぃいい、だ、だめぇっ……あぁ、あああああーーーーーーーーっ♪」

　さらに久美子は自分の音声のボリュームを0にすると、思いっきり絶叫して絶頂する。

「んっひぃいいいいいいいっ♪　おぉおおおほぉおおおおーーー♪　け、ケツ穴でイッたわぁ、んふおぉおおお♪　お尻ぃ、こんなに気持ちいいなんてぇえええ♪」

　聞かれたら一発アウトな発言だったが、今回も久美子は危機を乗り越えた。

　ここまでくると、感心するばかりだ。伊達《だて》に社長をやってきていないということだろう。

「あの、社長、音声が聞こえないようですが……」

　社員からの言葉を受けて、久美子は再びボリュームをあげて対応する。

「んぉおおお、ご、ごめんなさいぃっ！　んふーっ♪　そ、操作を間違ってしまったわっ、んふぅ、そ、それじゃあ、ちょうどいいからぁ、し、しばらくっ、休憩、休憩にするわぁ、ちょ、ちょっと頭を冷やしましょう、お互いぃ……！　んっふぅう♪」

　そのまま久美子は一方的に動画会議の画面を閉じた。

「……んっはぁあ、はぁあぁぁ〜〜♪　あ、危なかったわぁっ……♪　ど、どうにかバレずにすんだわぁ……♪」

「はは、無能な社員たちで助かったねぇ〜？　まあ、社長の言うことをあれだけしっかり聞くってことは有能なのかもしれないけどさぁ〜。いやぁ、社長業と調教はもしかすると似ているところがあるのかもなぁ～」

　そんな考察をしながら、僕はパァンッ！と久美子の尻を叩いた。

「んっひぃいいい♪　ふあっ、あぁあ♪　ご、ご主人様ぁっ♪　お尻調教がここまで気持ちいいなんてぇ、思いもしませんでしたぁああ♪　だ、だからぁ、もっとさっきのを入れてくださいいぃい♪」

「ふふ、すっかりアナルパールに夢中になっちゃったんだぁ。部下が糞真面目《くそまじめ》に会議しているときにアナル調教に目覚めるとか、どうしようもないねぇ？」

「はぁあ♪　で、でもぉ、あんなにズポズポされたらぁ♪　お尻の気持ちよさ知っちゃったらぁ、我慢できなくなっちゃいますぅう♪」

　そのまま浅ましくデカケツをクネクネと動かして、おねだりしてくる。

　開いた肛門も物ほしげにヒクついていた。

「やれやれ、僕としては会議が終わるまでずっとアナル調教しようと思ってたんだけどねぇ～。まさか、勝手に会議をやめるなんてさぁ～」

「あぁあ、ご、ごめんなさいっ、ご主人様ぁ！　で、でもぉ、あれ以上は無理だったのよぉっ、もう限界だったのぉっ！　だ、だからぁ、どうかお願いしますぅ、ご慈悲をくださいぃ♪　わたしのケツ穴をぉ、淫乱変態肉便器マゾババアのアナル処女を捧げさせてくださいいい♪　お願いっ、ご主人様のオチンポで満たしてぇええ♪」

「え～？　どうしようかな～？」

肉棒はとっくに勃起しているが、わざとすっとぼける。

すると、久美子は獣欲丸出しで懇願してきた。

「あぁあぁ♪　ぶちこんでぇ♪　アナル処女奪ってぇええ♪　このままじゃあ、会議なんて絶対に無理ぃ♪　ご主人様にアナルでイかせてもらいたくて、もうとまらないんですぅうう♪　だから早くぅ、ご主人様が拡張したケツ穴の処女ぉ奪ってぇえええ♪」

言葉だけじゃなくてケツを何度も突き出して哀願してくる久美子。もはや完全にスイッチが入ったようだ。涎と愛液を口と膣から撒き散らして媚を売る姿は、犬以下といってもいいだろう。

「ははは！　本当にどうしようもない淫獣女社長だなぁ～？　みんなが真面目に会議しようとしてるのにケツ穴セックスのおねだりとか！　動物だって、もうちょっと節度があるんじゃないかなぁ～？」

「あぁはぁあうんっ♪　ごめんなさぃい♪　そうよぉ、そうなのぉお♪　わたしは犬畜生以下の変態貪欲マゾババアなのぉおお♪　女社長という仮面をかぶっててもぉ、本性は淫乱マゾのド変態なのぉお♪　一秒でも早くアナル処女奪ってほしくておねだりしちゃう淫獣なのよぉおおお♪」

ケツを振るたびに愛液が飛び散り、メスのフェロモンが部屋中に拡がっていく。

もうこれ以上お預けをするのは無理だろう。

「やれやれ……しかたないなぁ～。もうここまで変態だと調教するほうも大変だよ」

呆れながらも、肉棒は逆に硬さを増していた。

僕としても、そろそろ我慢の限界だ。

「ふふ、なら、アナル処女を奪ってやるかぁ！」

僕だって、まだアナルセックスは未体験だ。当然、やりたいに決まっている。

久美子同様に獣欲を解き放って、勃起しきった肉棒の先端をヒクつく肛門に押しあてる。

そして、キュクキュクしている淫穴に向かって一気に亀頭と竿を突っこんだ。

「んごっほぉおおぉおおおおおおおう♪　きたぁあああああ♪　きてくださったぁああ♪　ぶっといオチンポがぁ♪　おおおぉぅう♪　お尻の穴思いっきり拡げながら奥まで入ってるぅううううううう♪　んひぃい♪　イクぅ、イクぅうううううーー♪」

待ち焦がれたアナル挿入によって、いきなり久美子は絶頂してしまった。

ただでさえキツキツのアナルがさらに強烈かつ急激に締めつけられて、危うく僕もイキそうになってしまうほどだ。だが、主人たるもの奴隷より先にイクわけにはいかない。

「くっうぅ！　いきなりイクとはどれだけ飢えてたんだ、この淫乱変態マゾ社長！　会社や社員よりも自分のケツ穴を優先するのか、この畜生以下っ！」

激しく非難しながら、思いっきりケツを引っぱたく。

パァン！という小気味よい音が社長室に響くとともに、久美子はケツを痙攣させてまたしても絶頂する。

「んぎっひぃぃいいいいい♪　お尻叩かれてぇ、イッてるのぉおおお♪　社長のプライドをズタズタにされてぇ♪　年下のご主人様に激しく調教していただくのぉ、たまらなく気持ちいぃいいいいいいいい♪　んぁああ♪　んっほぉおおおおおおぉっ♪」

「くっはぁっ！　チンポが食いちぎられそうなくらい締めつけてくるぞ！　そんなにケツ穴が気持ちいいのかよ！　アナル処女喪失セックスでいきなりイク変態！」

「んごあぁぉおおぉ♪　も、申し訳ありませぇんっ、気持ちいいっ、気持ちよすぎますぅううう♪　指よりもアナルパールよりもご主人様のオチンポが最高ですぅううう♪　我慢してたぶんだけぇ、快楽もすごいことになってますぅうう♪」

緊張状態と弛緩状態のギャップによって、いつも以上に久美子は感じまくっているようだった。社長というのも、いろいろと溜まるものがあるのかもしれない。

「ふふ、それじゃあ、今日は特別に日頃のストレス発散させてやるかぁ！」

激しい収縮を繰り返すアナルに向かって、ピストンを開始する。膣内よりもキツいので、まさに掘るといった感じだ。

「んぐふぅう♪　オチンポぉお♪　お尻の穴から出たり入ったりぃいい♪　こんなぁあ、んひぃ、アナルセックス気持ちいいなんてぇえ♪　あぁあああ♪　マンコセックスも、ご主人様に教えてもらうまで満足できなかったのにぃい♪　こんなの覚えたらぁっ、もう完全にド変態になって一般社会に戻れなくなるぅううう♪」

「くははっ、もうとっくに一般社会に戻れなくなってるでしょ！　この間の公園での公然猥褻ショーで一般人はみんなドン引きしてたんだからさぁ！　くぁぁっ！　それにしてもアナルも気持ちいいなぁ！　ババアのケツ穴じゃ締まりが悪いんじゃないかと心配してたけど、なかなかいい使い心地じゃないか！」

　ガチガチの肉棒で思いっきりピストンするにつれて、肛門と直腸がギュグギュグと強烈に収縮してくる。これは膣では味わえない種類の快楽だった。

「んぎひぃいい♪　ひぃいいい♪　もおぉ、快楽すごすぎてぇ♪　頭おかしくなっちゃいそぉお♪　頭バカになってぇ、なにも考えられなくなるぅうう♪　んほぉおお♪　んごほぉおおおう♪　も、もっと、してぇ、もっとおかしくしてぇ、ご主人様ぁあああ♪」

「うっはぁ！　本当に貪欲なババアだなぁ！　……というかさぁ、なに僕に命令してるんだよ！　おかしくしてやるかどうかは僕の判断だろがっ⁉」

　しつけのために、思いっきり平手でケツをぶっ叩く。メスブタには手加減は無用だ。

「んぎぃいひぃいいい♪　も、申し訳ぇありませぇんっ！　社長を務めているうちにぃ傲慢《ごうまん》になってしまっていましたぁああ♪　んおぉ、おおぉお♪　んぎひぃいいぃい、お許しくださいいぃいいい♪　こ、心入れ替えますからぁあ♪　どうかオチンポをお恵みください

いいい♪　アナルを滅茶苦茶に犯してくださいぃいいい♪」

「ははは、このみっともない姿、ぜひ全社員に見てほしいぐらいだねぇ！　ほらぁ、そんなにほしいのかぁっ⁉」

　右、左と連続でケツに往復ビンタをしながら尋ねると、久美子はうれしそうに絶叫した。

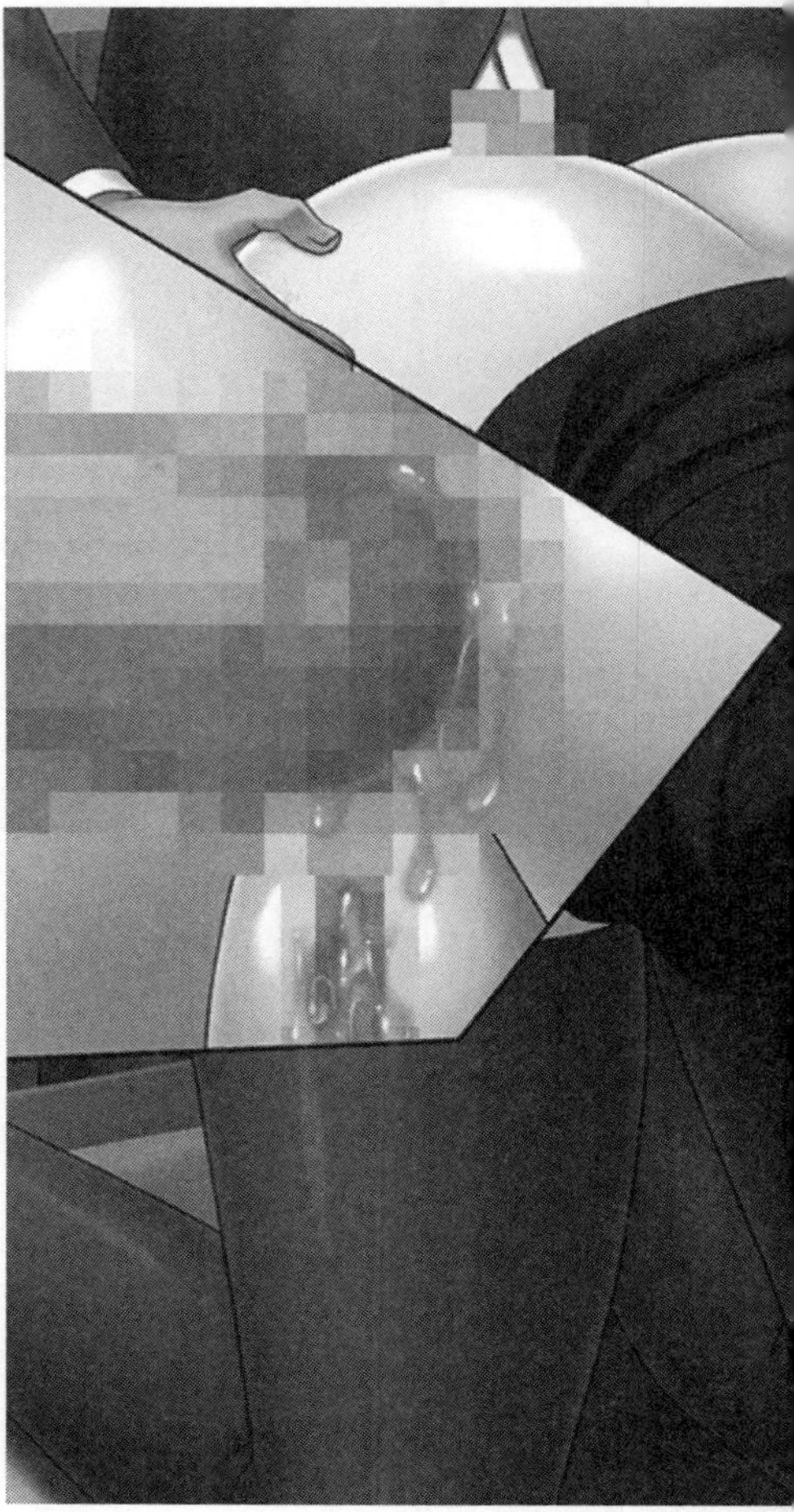

「んっほぉぉうううっ♪　んおっほぉおおおおぉぅ♪　ほしい♪　ほしいですぅ♪　お尻熱くてぇ♪　もっとピストンほしくなっちゃうんですぅ♪　お願いしますぅう♪　どうかアナル滅茶苦茶に犯してくださいぃぃいい♪」

「ったく、ババアの欲張りっぷりは底なしだよねぇ！　まぁ、僕としても気持ちよくなりたいから、動かすかなぁ！」

「んぐっほぉおおおおおぉぅう♪　オチンポ、オチンポぉおおお♪　しゅごい、しゅごいですぅうう♪　あぁあああああ♪　アナルセックスすごいぃぃいい♪　ケツ穴拡げられながらこすられるの気持ちよすぎるぅうぅうぅうう♪」

　こちらの抽送に対して猛烈な収縮が襲いかかる。それでも僕は力強く腰を振って、変態淫乱マゾババアのアナルを犯しまくった。

「くっはぁ！　さっきよりも締まるぞぉ！　すごい気持ちいいっ！　くぉお！」

「んぎひぃいいっ♪　ひいぃ、ひいぃいいっ♪　お尻がぁ、熱いぃいいい♪　火ぃ噴いちゃうぅうぅう♪　ご主人様のオチンポでケツ穴ぁ燃えるぅうう♪　んほぁぁあぁあぁあっ♪」

　膣内の包まれる感じとは違って、アナルはひたすら摩擦感がある。そして、それが穴の入口と中の二箇所あって、ピストンのたびに二重の快楽が発生した。

「おぐほぉおおぉぅ♪　オチンポ摩擦すごいぃい♪　ふほぉおお♪　穴も中も気持ちいいですぅうう♪　おごっほぉお♪も、もっと奥までぇっ、征服してくださぃ♪　ご主人様のオチンポでアナルの奥まで征服してぇええええええ♪」

強引にピストンすればするほど、腸ヒダは吸いつき、張りつき、こすりあげてくる。

摩擦熱はただちに快楽に変換されて、電流のように身体を駆け巡っていく。

アナルセックスがまさかこれほど気持ちがいいとは思わなかった。

「あぁ、予想外だよ、こんなにケツ穴がエロいなんて！　おばさんもこんなにアナルがいいとは思わなかったでしょ？」

「はぃい♪　これほどまでとは思いもしませんでしたぁ♪　あぁはぁあああ♪　はしたないのにぃっ、もっともっと下品にぃっ、んおぉ、ケツ穴ホジホジしてほしくてたまらないですぅう♪　んぎひぃいっ♪　オチンポ熱いいいぃいいいっ♪」

こちらがピストンしているのに、あまりの締めつけにこちらの肉棒が犯されているかのようだった。本当に度し難いスケベなメスマゾだ。

「くぅう！　すっかり最初のアナルセックスが気にいったみたいだねぇ！」

「んぎひぃいいいい♪　そぉお♪　そうですぅ♪　淫乱変態マゾババア、初めてのアナルセックスでいきなりドハマりしちゃいましたぁああ♪　もう自分でも呆れちゃうぐらい変態なのぉおお♪　もう自分でもとめられないのぉおお♪　おぉおおほぉおお♪　奥までズボズボくるぅう♪　ご主人様のたくましい勃起オチンポがぁ、奥の奥まで犯してくださってぇええ♪　アナルセックス狂いになっちゃうぅううーーー♪」

ここまで狂乱するほど感じてくれれば悪い気持ちはしない。

まさに、僕専用の性玩具。絶対に壊れないオモチャといったところだろうか。

「ほんとババアのくせしてタフだよねぇ～！　……というか、貪欲なだけかもしれないけど！　まぁ、どっちでもいいや！　気持ちいいから！」

こちらの腰振りにあわせるように弾むデカケツに向かって、さらに激しいピストンを開始する。その結果、肉棒が根元まで入りこみ久美子のボルテージがあがった。

「んぎひぃいいいいいいっ♪　あたるあたるあたるぅううう♪　ケツ穴ゴリゴリされてぇえええぇ♪　腸壁越しに子宮にあたってるぅうう♪　あぁあーーーーーーーー♪　アナルセックスでマンコ感じまくってるぅう♪　あはぁあーーーーーーーーー♪」

もうこれ以上ないぐらいの激しいピストンをしていた。

もともと身体を動かすのは苦手なほうだったけど、快楽のためにならいくらでも限界を突破できることを発見した。

「よぉおおし！　そろそろトドメだぁ！　くっはぁあああ！　出すよぉおっ！　そらそらそらぁああ！　マゾババアのアナルの奥に思いっきり注ぎこんでやるよぉおおぉっ！」

「んぎひぃいいいい♪　あぁあああああああ♪　ありがとうございますぅ、誠にありがとうございますぅうう♪　どうか射精お願いしますぅう♪　精液アナルにお恵みくださいぃいい♪　アナル中出しでケツ穴絶頂させてくださいぃいいいいいい♪」

これまでで最高の締めつけが起こり、肉竿を越えて尿道まで搾られる。

もうここまできたら、とめられない――。

「うっぐはぁ！　イクぞ！　出るぞ！　あぁあああああ！　そらぁああ！　精液浣腸イクぞぉおおおおぉおっ！　うっぐあぁああああああ！」

存在が消し飛ぶような激烈な快楽とともに、直腸奥深くで灼熱の精液を爆発させた。

「んっほぉおおーーーーーーーーーーーーっ♪　あーーーーーーーーっ♪　精液浣腸されてるぅーーーーー♪　特濃ザーメンミルク浣腸でぇ、お尻のなかぁ、いっぱいいーーーーーーーーーー♪　おぐほぉおおおおおーー♪　奥まで熱い浣腸精液ビュクビュク出てるぅううう♪　あぁーーーーーーーー♪」

「うっはぁ！　気持ちいい！　ケツ穴射精すごい気持ちいい！　ほらぁ、追加だぁ！」

さらにこみあげてきた精液を迸らせると久美子は全身を壊れたようにガクガク震わせながら、またしても絶頂を迎える。

「んぉおおおおーーーーーー♪　ひいぃいいいい♪　満たされるぅう♪　熱い精液でぇお腹タプタプになっぢゃうぅぅうーーーーー♪　んひいいい♪　ご主人様の精液にお腹の中から征服されてるぅううーーー♪　んおぉおおぉおおぉおおーーーーーーーーー♪」

もはやトランス状態となった久美子は暴れ狂いながらアナルアクメを繰り返す。

ここまで満足しきったアヘ顔を晒されると、僕としても射精がとまらない。

「あぁあーーー♪　精液まだ出てるぅうーーーー♪　んほぉおーーー♪　こんなにアナルの奥でぇドビュドビュ精液出されたらぁあ♪　あーーーーー♪　イクぅ、マンコでもぉ、中出しされたみたいにイッちゃうぅううーーーー♪　あっはぁあーーーーーーー♪」
　ブシャァアアア！　と激しく潮を撒き散らしながら、デカケツを激しく揺らして、さらに精液をしごいてくる。淫乱変態マゾババアの性欲はとどまるところを知らない。
　まさしく、欲望の底なし沼といった感じだ。
「んぐふぅうう♪　飲んでるぅう♪　お尻でぇっホットなザーメン浣腸汁うぅ、ごくごく飲んでしまってるぅうう♪　あぁああ♪　ありがとうございますぅう♪　こんなに出していただいてぇ♪　しあわせの極みですぅう♪　あーーーー♪　しあわせすぎてぇぇ、イクのとまらないぃいいいーー♪　んぁあーーーー♪　んおぉおぉおおおぉおほぉおーー♪」

絶頂が新たな絶頂を呼び、激しくイキ狂い続ける。

しかし、ただ気持ちよくなっているだけでは調教にならない。

「くっはぁっ！　それじゃあチンポ抜くよぉ！　社員たちが待ってるだろうし、会議再開するんだっ！」

「ひ、ひぃい⁉　ま、待ってください、ご主人様ぁ⁉　んぐほぉお♪　い、いまの状態で会議再開はぁあ——♪」

「ほら、再開しろ！　そうしないと捨てるぞババア！」

「あ、あぁあ、す、捨てるのだけはやめてください、ご主人様ぁ！　もうわたしぃ、ご主人様なしでは生きていけないんですぅう♪　あぁあ、わ、わかりましたぁああっ♪　会議再開しますぅううーーー♪　んっほぉおおーーーーー♪」

久美子はパソコンを操作して、再び社員との映像をつないだ。

「あっ、しゃ、社長？　……あの、大丈夫ですか？　顔が赤いようですが……熱でもあるのでは……」

「今日はもう休まれたほうがいいのでは……？」

「んふぅぅぅう♪　んっふぅぅぅうう〜♪　だ、大丈夫よぉお……♪　も、もう休憩をとったからぁ……♪　気持ちも落ち着いたわぁっ……♪　はぁ、はぁ、はぁぁっ……♪」

ケツ穴からは精液がブビブビ音を立てて溢れてきている。久美子はその音が聞こえないように音声を調整して、会話を続ける。

「そ、それよりもぉっ……そっ、そちらのほうはっ、も、問題なかったかしらっ？　きゅ、急に会議をとめてしまってぇっ……ご、ごめんなさいねぇ……♪」

そこで僕は手を振りあげて、全力で尻肉を引っぱたいた。

——パァアアアン！

「んほっおぉおおおおお⁉　おふっぐぅぅうぅぅうぅう♪」

——ブヂュゥウウーーーーーー♪

その衝撃によって、肛門から派手に精液が噴き出した。

音量を絞っていてもいまの音は聞こえたようで、社員たちは驚いた表情を浮かべる。

「社長っ⁉、いますごい音が聞こえてきましたがっ⁉　なにかあったんですかっ⁉」

「なにか破裂したような音と水っぽい音がしたような気がしますが……」

窮地に陥る久美子だが、それでもごまかしつづける。

「んぐっふぅぅう！　な、なんでもぉ、ないわよぉ！　んふぅっ、マ、マイクのぉ、調子が悪いだけぇええ、だからぁああ♪　い、一度ぉ、全部ぅ、見直してぇっ……からぁあ、さ、再起動してみるわぁあっ……♪　ご、ごめんなさいねぇ、再開したばっかりなのにぃいいっ……♪　んふうぅ♪　んっはぁあああっ♪」

久美子は再び映像を閉じて、どうにか危機を脱した。

「ふひゃひゃひゃ！　よくもまぁ、次から次へと誤魔化すもんだねぇっ！　まあ、がんばったから、おしおき兼ごほうびをやるか！　ほらっ、ほらっ、ほらぁっ！」

僕はそのまま全力で連続平手打ちを見舞う。

スパンキングによってケツは真っ赤に染まっていき、久美子は歓喜に全身を痙攣させる。

「んっひふぅうう♪　んぐっふぅうう♪　あぁあはぁ♪　ごめんなさぁい♪　そしてぇ、ありがとうございますぅう♪　んっふぅうううおぉおおおーーーー♪」

スパンキングのたびに精液を噴き出すので、すっかり社長室の床はザーメンまみれになってしまった。それでもうれしそうに膣口はヒクつくのだから、どうしようもない。

「……くくく、当然、あとで自分で掃除するんだよぉ？　社員を使ってばかりで働かない社長じゃ、しょうがないからねぇ？」

「んはぁあああ♪　こ、これからはぁ、心を入れ替えて働きますぅう♪」

「くくっ、奴隷の分際で社員をこき使うなんて百年早いよねぇ？　まぁ、これからもせいぜいがんばりなよ、たまに僕も指導してあげるから」

「あぁああ♪　こ、これからもぉ、どうか、ご指導ご鞭撻《べんたつ》のほどぉ、お願いいたしますぅううーーー♪　おっほぉおおーーーーー♪」

再び絶叫しながら絶頂する真性マゾ奴隷社長久美子に対して、僕は思いっきりケツを叩いてさらなる叱咤《しった》激励《げきれい》をしてやるのだった。

第四章　ＡＴＭとマゾペット

ご主人様の調教はいつだって破天荒だ。

その発想は天才的で、浅ましいマゾ奴隷であるわたしはいつも驚かされて、うろたえてしまう。そんなわたしをハードな調教で導いてくれるご主人様と出会えて、本当にしあわせだと思う。

富や地位や名声に囚《とら》われて、わたしは大事なものを見失っていたのだ。

――そう。女にとって、最も大事なことはメスになれること。

わたしをメス扱いしてくださるご主人様には感謝してもしきれない――。

●　●　●

僕の思惑どおり、久美子は日々そのマゾ性を開花させていき、肉便器にふさわしい姿になっていった。

一方、もともと仕事で忙しくしていたので僕たちの関係はバカ息子の巧海にもバレることはなかった。

……まぁ、いまでも巧海のやつは僕にちょっかいを出してきたりするんだけど……僕の心に余裕ができたからか、たいして気にならない。仮にストレスが溜まったとしたら、久美子で発散すればいいだけなのだから。

「もうほんと、久美子は完全に僕のものになったって感じだよねぇ～。あれだけ息子第一だったのに、いまでは僕のムスコのほうを最優先って感じだし」

隷属させることの充実感で、僕も毎日が楽しい。入院前の悪夢のような日々からは考えられない。

そして、今日の放課後は——久美子と豪華なラブホテルで楽しむことにした。

もちろん費用は全額久美子持ちだ。

「あぁん♪　ご、ご主人様ぁ……こ、こんな格好っ……恥ずかしいですぅっ……♪」

久美子は、バラをイメージしたド派手なセクシーランジェリーをつけていた。

自分の持っている中で最も恥ずかしい下着をつけてくるように命令しておいたのだ。

「あははは！　おばさんのくせして、よくもまぁ、そんなみっともない姿で僕の前に出てこれるよねぇ～？　なに、なんでそんな恥ずかしい下着持ってたの？」

「こ、これはぁ……若い頃に買ったものでぇ……ずっとつける機会もなくタンスの奥にしまっておいたんですぅ……♪」

「はは、ずっとつける機会がなかったってところが涙を誘うねぇ～！　いやぁ、それにしてもキツい！　おばさんがつけていい下着じゃないね！」

「んっ、はぁぁ！　そ、そんなぁぁ……ひ、ひどいですぅぅ……♪　で、でもぉっ、こうして恥知らずな姿を見ていただけてぇ、うれしいですぅぅ♪　んはぁ、ふはぁあ♪」

顔を真っ赤にして恥ずかしがりながらも、クネクネとケツを動かすセックスアピールを怠《おこた》らないのは調教の賜物だ。

「やっぱりマゾババアの飢えっぷりは異常だねぇ～！　自分がこんな母親の姿を見たら、ショック死してもおかしくないなぁ～」

「んふぅうぅっ！　あぁあ、わ、わたしぃ、母親失格ですぅう♪　年甲斐もなくドスケベ下着つけて悦んじゃうぅ、どうしようもない淫乱体質なのぉ～♪　オチンポのためなら、なんでもしちゃうド変態なのぉ～♪　だ、だからぁ、ご主人様ぁ、このみっともない姿っ、あぁん、もっと見てっ、もっと嬲ってくださいぃ♪」

久美子は精一杯若作りした甘え声でおねだりしてきた。

だが、ここですぐに願望を叶えるようでは主人は務まらない。

「えぇ～？　やだなぁ～！　なんで若い僕がこんな年増のエロババアを相手にしなきゃいけないのぉ？　というかさぁ、ババアのタダマンに価値があると本気で思ってる？　その下着も若い子がつけてればそれだけでアピールになるけど、ババアがつけても気色悪いだけだよ。もはやホラーだよね？」

徹底的な言葉責めをすると、久美子は屈辱と羞恥でブルブルと身体を震わせる。

股間が濡れて、甘い発情臭が部屋に立ちこめていった。

「ふふ……その程度で僕のチンポがもらえるって本気で思ってるの？　セックスしてほしいんなら、それなりのアピールってもんがあるよねぇ？　それにババアの腐れマンコにチンポを突っこんだとして、なにか僕が得することとあるの？　むしろ、お金でももらいたいぐらいだよねぇ。こっちはいやいや入れてやってるんだから」

言葉だけで追いつめられた久美子はさらに身体を震わせ、顔を赤くして、息を荒くしていく。もうすでに全身びっしょりと汗をかいていた。

「んはあぁ♪　はあぁ♪　も、申し訳ありませんっ、タダでオチンポを入れてもらおうだなんてぇ、ババアの分際で思いあがってましたぁあっ……！」

久美子は自分のバッグを開くと封筒から、万札の束を取り出した。

「ん、お金？」

「は、はいっ、札束ですぅ♪　わ、わたしを――マゾババアのマンコを相手にしてくださるのならぁ――♪」

久美子はその札束を丸めると――自らの膣内に突っこんだ。

「くっふぅう♪　み、見てくださいっ、みっともないマゾババアの必死な姿ぁ♪　どうかドスケベババアのマンコから札束を取りあげてオチンポくださいぃいい♪」

愛液まみれの淫穴に丸めた札束を突き刺したまま、さらにM字に開脚する。

「あふぅうう♪ もちろん、お金は持ち帰ってもらっていいからぁっ！ あぁん、だからっ、この蓋をとってっ……オチンポっ、入れてぇえええ♪」

「ははっ、なるほどぉ～！ 自分からお金を払わないとハメてもらえない存在だっていうアピールかぁ！ まぁ、少しは自分が世間からどういう扱いされてるかわかったみだいだねぇ～」

とはいっても、実際の久美子は世間的には十分すぎるほどに美熟女だ。

だが、僕はわざとその価値を否定して徹底的に貶《おとし》める。

なぜなら——そういう扱いをされることを、久美子が心の奥底で望んでいるからだ。

「あっふはあああぁ♪ ああん、なんて格好なのっ、わたしぃっ♪ こんな年下の子にぃ、こんな格好でお金でセックスしてもらおうと必死だなんてぇええ♪」

はたして僕の思ったとおり——久美子は自らの行為に興奮して感じまくっている。

札束もすっかり愛液まみれだ。

「いやぁ、本当に必死だねぇ～！」

「はいぃいっ♪ わたしぃ、必死ですぅ♪ ババアは若い子に相手にしてもらうためにぃ、いつだって必死なのぉおお♪ 若い立派なオチンポのためにぃ、いくらでも貢いじゃうのぉおおお♪　んはあぁ♪　は、早くぅ♪　お金とってオチンポで塞いでぇええええ♪」

「あはははははっ！　お金差し出してチンポねだるとかあからさますぎて笑っちゃうねぇ～！　金払わなきゃぁ相手してもらえないマンコに価値があると思ってるの？　しかもこんな札束もらっても、マンコくさくて使えないんじゃしょうがないよねぇ～？」

　指先でコツコツと札束を叩き、わざとらしく鼻をスンスンさせながら言ってやると久美子はさらにブルルッと身体を震わせた。

「んっはぁあ♪　ぎ、銀行に行けばぁっ、替えてもらえるわぁ♪　マゾババアのマンコでにおっても替えてもらえるはずよぉ♪　あぁん、でも、そんなお金が流通するなんてぇ、経済に対する冒涜だわぁああ♪」

「あはははっ！　全国にマゾババアのマンコ汁が染みついたお金が出回るのかぁ！　運の悪い人はハズレマン札つかまされるわけだねぇ～！　こりゃ傑作だ！　ぎゃはははは！」

　あまりのおかしさに、笑いがとまらない。

　本当にこのメスマゾの必死さと滑稽さは傑作だ。

「んくふぅう♪　ご主人様に笑っていただけてるぅう♪　あはぁああ♪　あぁん、もうぅ、マンコ洪水状態になってしまいますぅう♪　ご主人様ぁ、お願いしますぅ、どうか哀れなマゾババアマンコからぁ、マン札とってぇ、オチンポで塞いでくださいぃいいいいい♪」

　パクパクと膣口を開閉するたびに、丸めた札束がおねだりするように揺れた。

「ふはははは！　本当に笑わせるねぇっ！　こんな下品なストリッパーがいたら、ストリップ劇場は倒産しちゃうだろうねぇ？　ショックのあまり倒れる客続出だよぉ！」

「んふほぉおおお♪　わたしぃ、ご主人様専用マゾババアストリッパーなのぉお♪　だ、だからぁ、どうかオチンポお恵みくださぃい♪　プライド捨てきったマゾババアマンコにいっ、ぶちこんでぇえええええ♪」

調子に乗った久美子は、腰を上下に動かしてマン札アピールを繰り返す。

そのたびに愛液が噴き出し、紙幣を濡らすだけでなく淫臭を部屋にまき散らしていった。

「くはぁっ、部屋が一気にマンコくさくなってきたねぇ！　窒息しそうだ！」

「んふぅはぁあ♪　も、申し訳ありませぇん、でもぉっ、発情するのやめられなくてぇ、メスのにおいで若いオチンポ誘惑しちゃうんですぅう♪　はぁああ♪　嗅いでぇ♪　ご主人様がセックス我慢できなくなるくらい発情してくださぃいっ♪　お金とフェロモンで必死に媚びてるマゾババアのメス穴にお慈悲をくださいぃいい～♪」

哀れなマゾババアストリッパーはヘコヘコ腰を動かしながら、浅ましいおねだりダンスを繰り返してきた。

「はははは！　時給いくらもらっても勘弁だなぁ～！　どうせならマゾババアの全財産をもらうくらいじゃないと価値が釣りあわないよねぇ～？」

「あふぅうん♪　あぁああ、そのとおりよぉ♪　マゾババアの発情マンコに入れていただけるならぁ、全財産だって惜しくないわぁっ♪　わたしの生涯稼いできたものぜんぶぅ献上いたしますからぁあ！　だから、オチンポぉお願いしますぅううう〜〜♪」

　腰をダイナミックに動かしてピチョピチョの割れ目と札束を見せつけながら、さらなるアピールをしてくる。

　全財産を渡すと言うぐらい、すっかり久美子は僕にゾッコンだ。ここまで忠誠を誓われると、僕としてもゾクゾクくるものがある。

　そして、久美子自身も僕に完全服従することで興奮を強めていく。

「んはぁあああぁ♪　マンコのにおいに混じってぇっ、ご主人様のオチンポのにおいもしてきてるわぁっ♪　若いオスフェロモンがしてくるぅう♪」

　ちなみに僕はトランクスだけの状態だった。久美子の発言だけでもう勃起してしまっていた。人を自分の支配下に置くということは、それだけでかなり精神的に興奮するのだ。

「んほおぉおぉおお♪　ご主人様ぁあ♪　どうかその勃起オチンポをくださぃい♪　もうお金なんていいからぁっ、富も地位も名声もいらないぃい♪　どうか一秒でも早くスケベ穴を塞いでくださいぃい♪」

　魂の叫びに、主人である僕の心も揺さぶられた。

「くくっ、しかたないなぁ〜。そんなにほしいのかぁ〜。そこまで僕に忠誠を誓うのなら、入れてあげてもいいかなぁ〜」

トランクスを脱いで久美子に近づくと、まずは淫液まみれの不浄なマン札を抜き取る。

「んっはぁあっ♪　ご主人様ぁあ♪　あはぁ♪　ありがとうございますぅ♪　オチンポぉ、どうかオチンポをぉ、お願いしますぅうう〜〜♪」

「よぉし、それじゃあ——入れるよぉおおお！」

「んおっほおおほおぉおおぉおお♪　オチンポぉおおおおおおおおお〜〜〜♪」

そのまま猛《たけ》り狂った勃起棒をぶちこむと、久美子は歓喜のあまり絶叫しながら、いきなり膣内を激しく痙攣させて絶頂する。さらには肉棒が押し戻されそうな勢いで愛液を噴き出してきた。

「くっはぁ、すごいねぇっ！　やっぱりババアのマンコはっ、これくらいエロくないと入れる価値がないよねぇ！　ほらほらぁ！　使ってやるから、ありがたく思えよぉ！」

ガッチリ腰を両手でつかみながら、膣奥を押しつぶすような圧迫ピストンを開始する。

「おっひぃいいい♪　ありがとうございます、ありがとうございますぅうう♪　ご主人様に使っていただけてぇ、ババア、最高のしあわせですぅうう♪　んほぉおお♪　は、激しいぃいいいい♪　んごほぉお♪　もっともっと乱暴にぃっ、もっと乱雑にぃい、使い倒してくださいぃいいい♪　どうかご主人様がご満足いくまでぇ犯してくださいぃいいい♪」

激しく身体をのけ反らせて絶頂しながら哀願を繰り返す久美子は本当に惨めなババアだ。

慈悲深い僕は、つい哀れみからピストンをしてしまう。

「んひぃいっ♪　んぎひぃい、マン汁出るぅっ♪　オチンポにかき出されるの気持ちいい、いいい♪　マゾババアマンコの老廃物がぁ、若いチンポでぇっ、かき出されるぅっ♪」

「おいおい、聞き捨てならないなぁ？　ババアマンコの肉便器掃除とか、さすがの僕でもいやになるよねぇ？」

「んぎいひぃいいっ！　あぁあ、も、申し訳ありませぇん、謝罪と感謝の心でぇいっぱいですぅうう♪　こんなマゾババアのマンコに入れてくださるなんてぇ、ご主人様は本当に慈悲深い、ボランティア精神に富んだ素晴らしい御方ですぅうう♪」

　その思いを伝えるように、膣内は激しく収縮して肉棒を締めつけてくる。

　さらには、久美子からも腰を使って、竿をしごいてきた。

「んひぃいいい♪　んっひぃいいっ♪　ご、ご主人様ぁあ、どうかマゾババアのマンコで気持ちよくなってくださぃいい♪　どうかオチンポからぁ、金玉袋が空になるまでぇっ、精液いっぱい注いでくださぃいっ♪　ザー汁肉便器にぃ♪　いっぱい若い精液吐き出してくださいいぃいいいいい♪」

　下品で貪欲なマゾババアの逆ピストンによって、一気に感じる快楽が膨れあがった。

「くっはぁあ、飢えすぎだよねぇ！　さっすがマゾババアマンコ！　これじゃあチンポが何本あっても満足しないよねぇ！」

　ピストンを繰り返すことで粘っこくなった愛液によって、結合部はますます熱を帯びて

いく。白い本気汁があまりの激しさに泡立つほどだ。

「んおぉほぉおおお♪　気持ちいいっ、気持ちいいですぅううう♪　もうこのオチンポだけあればぁ、なにもいらないぃいい♪　ご主人様の若くてたくましいオチンポのためならぁ、なんでもするわぁっ♪　もうなにもかも捨てるぅ♪　ご主人様に一生捧げますぅううう♪」

言葉とマンコの両方で必死に僕に服従しようとする久美子に、僕の心とチンポが揺さぶられた。メスを支配下に置くことの、なんと素晴らしいことか。

「くっはぁ！　そこまで言うならさぁ！　僕のATMになってよぉっ！　お金もマンコも便利に使ってやるからさぁ！　言葉だけじゃなくて行動で証明して見せろよぉ！　それでいいなら精液出してあげるよぉ！」

さすがにそれは戸惑うかと思いきや――。

「いいわぁっ♪　いいわっ♪　使ってぇえええええ♪　わたしのことATMみたいに使ってぇえええええ♪　ご主人様のためならいくらでも出すわっ♪　んっほおぉお♪　もちろんクレジットカードも渡しますからぁ♪　ババアと子作りしてぇえええええ♪」　どうか精液ぃ、いっぱいマゾババアマンコに注いでくださいぃいいいい♪　ババアと子作りしてぇえええええ♪」

ピストンがとまりそうなほど強烈に肉竿が締めつけられ、さらに絞られる。

ここまで言われたら、僕としても精液を出すしかない。

「うぐっはあ！　あぁあ！　出すよぉおおっ！　それじゃあお望みどおりにATMババア

マンコにザーメン預けてやるよぉお！」

「ひいぃい♪ きてぇ♪ きてちょうだいぃ♪ ご主人様ぁああ♪ パパになってぇえっ、んおぉ、孕ませてぇえ♪ ドスケベババアの人生ぜんぶ持っていってぇええっ♪ ふおぉ、おほぉおおおおおおお♪ 妊娠するぅ♪ 若いオチンポザーメンでぇ♪ ババア卵子が受精しちゃうううぅぅ〜♪ あぁああああああああ〜〜〜〜〜〜〜〜〜〜♪」

「くはぁあああああああああ！」

ババアの渾身の膣搾りによって快楽が爆発し、ものすごい勢いで射精した。

「んおぉおほぉおおおお〜〜〜〜っ♪ んっはぁああ〜〜〜♪ きたぁ♪ きたわぁああ〜♪ 子宮の奥にぃ、若くて元気な特濃精液ぃいい♪ ビュクビュクあたってるぅうう〜〜〜〜♪ ひいぃいいい♪ ドロドロザーメンでぇ♪ イッぐぅうう〜〜〜♪」

壊れた蛇口のように精液が迸り、猛烈な快楽電流が駆け巡る。久美子は射精のたびにのたうち回り、膣内を激しく収縮・痙攣させながらイキ狂う。もはや淫獣相手に格闘しているような気持ちになりながら、さらに精液を放出していった。

「んほぉおお♪ あおぉああうぅう♪ 子宮がぁ満たされるぅうう♪ 卵子がザーメンで溺れてるぅううう♪ んっひいぃいいぃい〜♪ 気持ちいぃいい♪ 母親じゃなくて一匹のメスになってイキまくるの最高に気持ちぃいいい〜♪ あぁあ♪ しあわせぇ♪ 本当にしあわせすぎてぇ、まらイクぅううう────────♪」

「くっはぁあ！　ったく、マゾババアの性欲は底なしだねぇ！　ここまで淫乱だと僕ぐらいしかしつけられるオスはいないねぇ！」

「はひぃい♪　どうしようもないマゾババアのわたしのことぉ、きっちりしつけられるのは世界でご主人様だけですぅううう♪　わたしぃ、ご主人様に出会えてぇ、本当によかったですぅう〜〜♪　マゾババアのエロマンコに若い精液いっぱい吐き出してくださってぇ、本当にありがとうございますぅうっ♪　おっほぉおぉお〜〜〜っ♪」

間抜けな絶叫とともに脱力して、久美子はビクンビクンと不規則に痙攣した。

その間抜け顔といったら、失笑ものだ。

「ふぅ……やれやれ、マゾババア相手のセックスも肉体労働だよなぁ。ほら、余韻に浸ってないで言うことがあるだろぉ？」

「は、はひぃい♪　んひぃい♪　マゾ奴隷肉便器のご使用ぅ♪　誠にありがとうございましたぁああ♪　ま、またのご利用をぉ、心からぁお待ち申しあげておりますぅう……♪」

ヒクヒクと身体を痙攣させつつも、しっかりとお礼の言葉を口にする。

だが、その油断しきった隙をついて――ズンッ！と肉棒を再び奥へぶちこんだ。

「ンぎっひぃいいっ⁉　あっふぅうっ！　あっあぁ♪　い、いま、動かされたらぁ、ご、ご主人様ぁああ⁉　す、少しぃ休ませてぇ、くださいぃい〜♪」

「はは、肉便器の分際でなに言ってるのかなぁ？　主人が使いたいときに便器になるのが

マゾババアの務めだろうがっ！　ほらほらぁ！　二回戦目突入だぁあ！」

　こうして僕は、休みを与えることなく再びマゾ便器ババアを使用するのだった――。

　そして、一時間後――。結局、三発ほど中出ししてようやく性欲が収まった。

「んはあ♪　あはぁあぁ♪　さ、三回もぉ、出していただけてぇ♪　あ、あぁあ♪　ありがとうございましゅぅっ……♪　あっああ♪　んほっ♪　ほぉおおう♪」

　ここまでトロ顔を晒されるとまた股間がウズいてしまうが、今日のところはやめておくことにした。それよりも――。

「ほら、カードだしてよ。僕のATMになるんでしょ？」

「は、はいぃい……♪　はぁ、はぁあ

……♪」

久美子は立ちあがると、ふらふらと移動してハンドバッグから財布を漁りカードを取りだした。

「はぁあ♪　どうぞぉ、これぇ、ご主人様のものですぅっ♪　暗証番号はぁ、０７８０、オナホールで覚えてくださいぃい♪　このカード、限度額もありませんからぁ、ご自由に使ってくださいいいいい♪」

「へぇ、これがブラックカードってやつかぁ～。さすが社長だけあるねぇ」

「ご主人様ぁぁ♪　カードだけでなくわたしの全財産をお渡ししますからぁっ♪　これからもぉ、どうぞマゾババアマンコを使い倒してくださぃいいっ♪　ご主人様のオチンポにお仕えするのがぁ、わたしのなによりのしあわせですからぁあぁ♪」

これまでさんざんチンポを恵んでやったのだし、これぐらい好き勝手やってもいいだろう。以前、巧海に金をせびられたこともあったし。

こうして今回のラブホセックスによって、久美子への支配はより強固なものになったのだった。

●

●

●

ここのところ巧海からのいじめはかなり減っていたが、また別の形で僕は迷惑を被っていた。その内容とは――、

「最近は自慢話がウザいんだよね。特に、飼い始めたばかりのペット自慢」

夜の公園調教に入る前に――僕は久美子にため息混じりに愚痴《ぐち》った。

「も、申し訳ありません、ご主人様っ！　最近、巧海をひとりにすることが多いからか……犬を飼いたいって言い始めて……それで、つい……」

「はは、母親に相手にされず寂しいからって、ペットに走ったってわけかぁ～」

調教で出かけるときは、久美子は仕事が忙しいと巧海に言っていたらしい。

最近は調教回数が増えているので、巧海は家でひとりですごすことが多くなってるというわけだ。

「さすがにあれだけ自慢されると、僕もペットがほしくなるよねぇ～」

「そ、それなら、先日のクレジットカードを使っていただければどうでしょうか？　いまから車を手配して――」

「ああ、僕がペットを飼うことに賛成してくれるのなら問題ないよ？　ふふ……さてと、散歩する前に、さっそく脱いでもらおうか？　ペットが服を着るなんておかしいしねぇ」

「えっ？」

理解が追いついていないのか久美子はきょとんとする。

「わからないかなぁ～？　ペットが服着ているのはおかしいでしょ？　これから散歩するんだから、脱ぐのは当然でしょ？」

重ねて言うと、戸惑った表情を見せていた久美子の顔が赤くなった。

「つ、つまり、この場所でっ、わ、わたしがっ、ペットに……!?」

「ようやく理解できたんだ。まったくバカ犬だねぇ～」

「あ、あぁっ、も、申し訳ありませんっ！　わたしが愚かでしたぁっ……頭の悪い駄犬で申し訳ありませぇんっ……♪」

久美子はゴクリと喉を鳴らすと、ウキウキを隠すことができずに声を弾ませてスーツを脱ぎ始めた。

「あぁぁ♪　ご、ご主人様のペットにしていただけるなんてぇぇ……♪　んくぅ、しかも夜のお散歩までしていただけるなんてぇ、んふぅ……んはぁ……♪」

ちょうど街灯のあたるベンチにいたので、裸体が派手に照らしだされる。すでにマゾスイッチが入っているので、もはや触れることなく股間が濡れていた。

「ふふ、ほら、それじゃあただの露出だよねぇ？　今夜はペットなんだから四つん這いにならなきゃだめでしょ？」

「あ、あぁっ♪　申し訳ありません、いますぐぅ、なりますぅぅ♪」

久美子はすぐさま四つん這いになる。そこで僕は持ってきていたバッグからリードを含めた道具を取り出した。ちなみに、カードを使って今夜のためのグッズは揃えておいた。

「さあ、犬になろうか」

「あっはぁああ♪　なるっ、なるわぁ♪　なってしまうのっ、ご主人様の犬にぃ♪　んっふぅ♪　どうぞご主人様の飼い犬にしてぇえ……♪」

興奮で鼻息を荒くする久美子にリードと首輪、犬耳をつけ——最後にケツ穴に尻尾のついたアナルバイブを挿入した。

「んっはぁあああ〜♪　なれたぁ、犬にぃい♪　わたしぃ、ご主人様のぉ、マゾ犬奴隷ペットぉおおお〜♪」

うれしそうにケツを震わせてアナルバイブ尻尾を揺らすさまは、まさに下品なメス犬だ。

「くく、よぉしっ、出発だぁ！」

僕はさっそくリードを引き、夜の散歩を開始することにした。

「さぁて、誰にも会わずにいつまで散歩できるかなぁ〜？」

わざと危機感を煽るようなことを言いながら進んでいくと、久美子は妄想をたくましくして身体を震わせる。

「くふぅううう♪　だ、誰かに見られたらぁっ、おしまいよぉっ、こんな姿ぁっ♪　も、もし社員や取引先に見られたらぁ、人生おしまいなのにぃいっ♪　あぁああ♪　ビンビン感じちゃうぅうう♪」

「ふははっ、破滅する自分を想像してマンコを濡らすだなんて、本当にどうしようもないマゾ犬だねぇ～♪　ほらほら感じてないで、ちゃんと歩いてよ。ほら、こっちこっち！」

「ひぃいいい、そ、そっちは明るすぎるからぁっ、だ、だめよっ、んはあぁぁあ♪」

「巧海の犬は言うことをよく聞くらしいよぉ～？　僕の自慢のペットになりたいって言うんなら命令には絶対に従わないとねぇ？」

「あ、あはぁあ♪　わ、わ、わかりましたぁあ♪　ご主人様自慢のペットになるためにぃ、どこまでも従順になりますぅう♪　あぁあ、で、でもぉ、こんな歳して犬耳と尻尾つけて四つん這いで散歩してるところ見られたらぁ、わたし恥ずかしくて死んでしまうわぁ♪」

　そうは言っても、うれしさを隠しきれずに早足で進んでいく久美子。

「ふふ、尻尾アナルバイブをそんなに左右に動かして、ご機嫌だねぇ～！　マゾ犬の言葉ほどあてにならないものはないなぁ～！　それに、ほらっ、マンコからもポタポタ愛液がこぼれてるよぉ～！」

「んっはぁあああ～♪　も、申し訳ありませぇん♪　もう自分でも自分がわからないのぉおお♪　恥ずかしいのに気持ちよくてぇ、もう、とまらないぃっ♪　あはぁ♪　ご主人様ぁっ……♪　もう頭の中がおかしくなりそうですぅう♪」

「ははは！　そんな格好でまだおかしくなってないって思ってるのぉ？　もうどこからどう見ても頭のおかしい変態露出狂マゾ犬ババアだよねぇ！　こんな姿百人見たら百人がお

かしいって言うよぉ！」

　激しく言葉を浴びせると、久美子はビクビクと全身を痙攣させる。

「っくふぅうぅうう♪　ふはぁあ♪　あぁ、そんなっ、そんなぁああ～♪」

「違うって言うんなら、ここで散歩は終わりかなぁ～？　発情しきった頭のおかしいマゾ犬ババアだから飼う価値もあるんだけどねぇ～？　それなのにまだ自分が人間だと思いこんでいるんなら、今日の散歩は終わりにしようかぁ～？」

「あっ、あぁ――あくふっ……♪　そ、それはぁ……」

「だってまだ人間のつもりなんでしょ？　なんかまだ人間捨てきれてないよねぇ？　そんなんじゃ、ペットとしての価値はないしなぁ～」

僕の執拗《しつよう》な言葉責めに、久美子はブルブルと身体を震わせる。

そこで僕はズボンから勃起した肉棒を取り出しながら、さらに尋ねる。

「おばさんは人間じゃないでしょ？　犬だよねぇ？　オスのチンポのことしか頭にないメスマゾ犬でしょ？」

その問いに久美子はゴクリと喉を鳴らし、吠えるように答える。

「んっはあぁああ♪　そうですぅ♪　わたしぁ、人間じゃなくてメスマゾ犬ですぅ♪　オスのオチンポのことしか頭にないぃい♪　発情しきったメスマゾ犬ですぅうう♪　お願いしますわんっ♪　ご主人様のオチンポぉ、マンコにぶちこんでくださいわぁあああん」

もう誰に聞かれてもいいと言うように、思いっきり叫ぶ久美子。

しかも、途中から語尾に『わん』をつけるという羞恥プレイを自ら率先して行っていた。

「ふひゃひゃひゃひゃっ！　ババアが語尾に『わん』づけとか、もう本当に人間やめてるよねぇえええ！　ひゃははははは！　まぁそうやって羞恥心かなぐり捨てて全力でペットになるって言うんならかわいがってやってもいいかなぁ！　そら！　ケツあげてアピールしろぉ！」

「んっはぁあああ♪　わんっ、わんっ、わぅううーー♪　もう、わたしぃ、犬ぅ♪　ご主人様の犬になるわぁん♪　ご主人様ぁっ♪　ここが発情してるわん♪　わぅうん♪」

恥知らずのメス犬と化した久美子は勢いよくケツを肉棒に向かって突き出した。

グチョ濡れの膣口はパクパクと開閉を繰り返して、とろりと愛液をこぼれさせている。

その淫蜜溢れるメス穴に向かって――オス棒を一気にぶちこんだ。

「んっほおぉおお～～～～♪　おぉおほぉおおぉおおおおーーーーーっ♪　わふぅ、わおぉおう、わふぅううう～～～～♪　お、オチンポぉおぉおおぉお♪　ご主人様生オチンポきたぁあんっ♪　わほぉおおおおおおおんっ♪」

身体を大きくのけぞらせながら歓喜の絶叫をする久美子は、まさにメス犬そのもの――いや、獣以下の存在だった。

「ほらほらぁ！　このまま散歩の続きをしながらピストンするよぉっ！　そら、しっかり歩けぇっ！」

思いっきり平手でケツをぶっ叩いてから、腰を前後に激しく動かしていく。

もう膣内はヤケドしそうなほどに熱い。

「んぉっひいぃ、わほぉお♪　わふぅううう♪　あ、歩くぅっ♪　歩くわぁんっ♪　んひいい♪　チンポリードにぃ、お、押し出されてぇ、前に進むぅうう♪　進むわぁあん♪」

ただペットを飼うよりも、絶対服従マゾ犬と交尾しながらのほうが楽しめる。

これでこそ、僕にふさわしいペットだ。

「わ、わぁあっ♪　わぉおっんんっ♪　ふぅひいぃっ♪　オチンポぉ♪　オチンポ気持ちいいわぁんっ♪　オチンポぶちこまれながら散歩楽しいわぁん♪　人間捨ててメス犬になるのぉ、最高わぁんっ♪」

久美子もすっかり犬になって散歩するのがお気に入りのようだ。

最初に出会ったときの高圧的で傲慢《ごうまん》な姿からは、まったく想像できない変貌ぶりだ。

「わふぅう♪　わっふぅう♪　オチンポで左右されてるわんっ♪　わたしの人生、もうオチンポの言いなりぃい♪　ご主人様のオチンポがわたしのすべてだわんっ♪」

服従の悦びに打ち震えながら、膣内を収縮させて愛液を迸らせる。ピストンごとに熱い粘液がまとわりつき、勃起がさらに増していった。

「くっはぁ、その調子だよぉ！　実に具合のいいメス穴ペットだねぇっ！　そらそらぁ、もっと遊ぼうかぁ！」

「んぎっひぃいい♪　わほぉお♪　オチンポ激しいわんっ♪　メス穴褒められてうれしいわんっ♪　んくふぅうっ♪　もっと、もっと褒めてほしいわぁあんっ♪　わほおぉお、おおぉほぉおおう♪　マゾメス犬マンコぉ、気持ちいいわぁんっ♪」

「くく、マンコだけじゃなくてこっちでもしっかりと楽しまないとだめだぞぉ！」

尻尾アナルバイブをつかんで乱暴に出し入れすると、久美子は犬耳を激しく左右に振って悶え狂う。

「わほぉおおお♪、わっふぅううう♪　マンコもアナルも気持ちいいわぁん♪　んひぃい♪　こんなに両穴ゴリゴリされたらぁ♪　おかしくなっちゃうわぁーーーーん♪」

両穴で絶頂しながら絶叫する久美子。

と、そこで——誰かが向こうから走ってきた。

そして、僕たちのそばまでくるや——驚いたように跳びはねた。

「きゃあぁあっ⁉ な、なにっ⁉」

それは、ランニングウェア姿の若い女性だった。どうやらジョギング中のようだ。それなりに若くて鍛えられている感じから、体育系の女子大生だろうか。

「んひぃううっ⁉ んっひぃいいいっ♪ み、見られちゃったわんっ♪ こんな恥知らずなメス犬姿ぁ、見られちゃってるわぁんっ♪ わっほおおぉおおおお♪」

久美子は驚愕と羞恥とともに、たちまち絶頂して歓喜の鳴き声をあげる。

「なっ、えっ、ちょっ、なにこれ、ちょっとありえないでしょっ！ なっ、なんで素っ裸で、犬みたいな格好してっ……！」

至極真っ当な反応を示す女性ランナー。だが、久美子の羞恥絶頂はとまらない。

「んひぃいい♪ み、見ないでぇ♪ 見ないでぇえ♪ んほおぉお♪ 年下オチンポにぃ完全服従して奴隷お散歩しているところぉ、見ちゃだめぇえええええ♪」

わざわざ自分で状況を説明しながら、さらに盛りあがるのだから始末におえない。

「ひぃいいいい⁉」

あまりにも異常すぎる様子に、女性ランナーは怯えて後ずさる。僕としても同情を禁じえない。

「んっひぃぃい♪　ご、ご主人様ぁ♪　み、見られてるわんっ、こんなみっともない姿ぁ、人間失格の畜生ペットになってるところ見られるなんてぇ、もうわたし生きていけないいぃいい♪　おっふぅううう～♪」

相変わらず、言ってることとやっていることが一致しないメスマゾだ。

「はは、見られてうれしいのはわかってるからさぁ、そんなにはしゃぐなよ！　そらそら、チンポのごほうびっ！　落ち着けぇ、ほらほらっ！」

犬に対して頭を撫でてやるように亀頭で子宮を刺激し、なおかつ手でアナルバイブをグリグリと回してやった。

「んごおっほぉおおぉおお〜♪　おぉおおほぉおおう♪　気持ちいいわんっ、醜態さらしながらマンコとアナルで感じるのぉお♪　どうしようもないぐらい最高だわぁんっ♪」

そこで、女性ランナーは暗闇でもわかるぐらい表情を引きつらせた。

「って、けっこう歳とってない？　しかも、すごい年下の子相手にそんなことしてるなんて……本当に変態じゃない！」

はからずも女性ランナーからも軽蔑の混じった言葉責めをされて、久美子はうれしそうに膣壁を収縮させる。

「ははは、同性からも変態だって言われて感じるなんて本当にマゾだねぇっ！」

「んひぃい、はひぃい♪　わたしぃい、変態ぃい♪　変態だわんっ♪　息子と同じ年齢の子にオチンポで調教されてぇ、悦んじゃってる変態だわぁんっ♪　わほぉおおおう♪」

ますます興奮するメスマゾババアに、女性ランナーはさらに後ずさっていく。

「ちょ、ちょっとおばさん真面目に気持ち悪いんだけどっ！　せめて外でやるのやめなさいよっ！　ほ、ほかの人に迷惑でしょ！」

「ははっ、確かにそうだよなぁ！　ほら、メスマゾ犬っ！　人間様に迷惑かけたんだから、謝れ！」

「あぁあああ、も、申し訳ありませぇん♪　発情抑えきれないメスマゾ犬でぇ、申し訳ありませんわぁんっ♪　でもぉ、もうとめられないわぁんっ、ここまできたらぁ、ご主人様に中出ししていただくまでぇ、交尾とめられないわぁああぁん♪」

久美子は自らも腰を振って、逆ピストンをしてくる。

そのたびに愛液が飛び散り、膣内もすさまじい締めつけが起きる。

「んっはぁああ♪　んほぉおぉおおう♪　ご主人様っ、ご主人様ぁああ♪　オチンポから精液お恵みくださいぃいいい♪　たっぷり濃厚精液でぇ、孕ませてぇえええぇっ♪」

「ふっはぁあっ！　いいよ、出してあげるよぉっ！　そらぁ！　息子と同じ年齢の男に孕まされるところ、しっかりと見せてやるんだ、マゾ犬ぅうっ！」

もう僕としても、中出しするまでおさまらない。

アナルバイブを思いっきり奥までねじこみながら、ラストスパートピストンを開始した。

「んごっほぉおおあぁああ♪　わ、わかりましたわぁん♪　見てぇ、見るわぁんっ♪　犬になって交尾してるマゾババアのドスケベ受精ぃ♪　たっぷり見てぇえっ♪　年下の子にドハマりして調教し尽くされた、しあわせいっぱいのマゾペット絶頂見届けてぇええ♪」

「ひぃいいいいいっ⁉」

あまりの迫力に女性ランナーはその場に尻もちをついてしまう。

それでも、マゾ犬ペットのドスケベ交尾はとまらない。

「おぐほぉおおおおお♪　イクッ、イクわぁん♪　射精が近づいてビクビクしてるご主人様オチンポでぇえ♪　イクわぁーーーーーーーん♪　あぉおおぉ♪　子宮が降りてくるわん♪　メス犬マゾ交尾で孕むわぁん♪　わっほぉおおおぉおぉーーーーーぅ♪」

「うっはぁああーーーーーーーーーー！」

絶叫するとともに一気に膣内が締めつけられ、肉棒が子宮口に入りこむ。

強烈すぎる快楽が爆発して、これまでで最も激しい勢いで精液が迸った。

「わっおおほぉおおおおーーーう♪　きてるぅう♪　生中出し射精ぃいい♪　ご主人様のザー汁いっぱい入ってきてるわぁあーーーーーん♪　わほぉおおぉおうあぁぁ♪　マゾババアのメス犬マンコ中出しでイクぅううーーー♪　イクわぁあああぁーーーーん♪」

大量の精液を子宮で受けとめながら、久美子はまるでうれションをするメス犬のようにものすごい勢いで潮を噴いた。

「な、なにこれ……これ、本当に現実……？」

衝撃の光景に女性ランナーは呆気にとられていた。

だが、そんなことはおかまいなしにメス犬マゾババアは絶頂を繰り返していく。

「わほぉおおおお♪　わふぅうう　しゅごい、しゅごいわぁん♪　中出しされながらぁ、潮噴くの気持ちよすぎるわぁあああああん♪　ひぃいいい♪　醜態さらすの最高に気持ちいぃいいい♪　プライドかなぐり捨ててぇ、人間やめて一匹のメスになってイキ狂うの知ったらぁ、もう人間に戻れないわぁあああああん♪」

「ふはっはぁ！　もう完全に人間やめてるよねぇ！　本当にここまでのメスマゾ体質だと飼い主も楽じゃないなぁ！　あぁ、先が思いやられる。この先も飼っていけるかなぁ？」

「あぁあああ、ご主人様ぁあああ、どうか、捨てないでくださぃいい！　わたしぃ、ずっとこれからも貢いでご奉仕し続けますからぁ♪　ドスケベ淫乱変態メス犬マゾババアをこれからもぉ、どうかぁ、しつけてくださぃいわぁん♪　お願いしますわぁあああん♪」

「ははは、ここまでドスケベなペットもなかなかいないだろうしねぇ〜。まぁ、捨てるには惜しいかもなぁ〜」

そんな会話をしながらも、久美子は興奮のあまりに潮噴きを繰り返していた。

「……し、信じらんない……ここまで人間やめてる人がいるなんて……」

女性ランナーにはすっかりトラウマを植えつけてしまったかもしれない。

まぁ、運が悪かったと思って、諦めてもらおう。

「くく……それじゃ、散歩を再開しようか」

肉棒を引き抜くと、僕は靴底の裏で思いっきり尻尾アナルバイブを奥へ押しこんだ。

「んぐおっほぉおおぉおおお〜♪　け、ケツ穴でもぉおお♪　イクわぁあああん♪　おぐほぉおおおお♪　わふわふわふぅうううううーーーうぅう♪」

アナルでも絶頂を迎えた久美子は、さらに潮を迸らせる。

すっかりこのあたりの地面は愛液まみれでメスのフェロモンが漂っていた。

「はは、まるで縄張りを主張するメス犬だねぇ」

「はあ、はあぁ、わふはぁあ♪　も、もうぅ、イキっぱなしでぇ、どうかしちゃいそうです、ご主人様ぁああ♪　んはぁあ♪　夜のオチンポ散歩ぉ、本当に楽しいですわぁん♪」

やはりただのペットを飼うよりも、よっぽどこのほうが面白い。

「ふふ、それじゃあさぁ、今度から僕も巧海にペット自慢していいよねぇ〜?」

「わふぅううっ♪　んはぁあ♪　巧海に自慢だなんてぇ、そ、そんなことぉ、さ、されたらぁ〜♪　あぁあ、だ、だめなのにぃ、ひぃいいいいい♪」

自分の痴態を息子にさらされることを想像したのか、久美子はまたしてもケツをビクビクさせて感じてしまう。

「まあ、具体的には言わないでおくから安心してよ。どんな命令にも絶対服従するペットを手に入れたって言うからさ。僕にとっては血統がいいとか高いとかの犬よりも価値があることだしねぇ。まぁ、僕に飽きられないように、せいぜいがんばるんだね？」

「はひぃい♪　これからもぉ、ご主人様に犯していただけるようにぃ、マゾメス犬ペットとしてぇ、精進いたしますぅう♪　わふぅ♪　わほぉおう♪　わぉおぉおおんっ♪」

もはや人語をしゃべることなく犬そのものになりきって鳴きまくる久美子。

そのまま僕は公園を一周して、夜の散歩をじっくり楽しんだのだった——。

第五章　肉便器労働、隷属謝罪性交

昔のわたしは、男に貢ぐ女をバカにしていた。

だけど、実際に若いご主人様に調教していただけるようになってよくわかった。

魅力的なご主人様のためなら、お金なんて惜しくない。

そもそも、お金は使わないと意味がないし——それにバカ息子にお金を使うよりよっぽど有意義だ。

しかも、こんなわたしをペットとして飼ってくださるのだから感謝してもしきれない。

富や名誉や社会的地位が、はたしてこれまでわたしの心を満たしてくれただろうか？

むしろ、そんなものがあればあるほど、それを守ろうと余計なことで苦労させられる。

人間にとって、なによりも大事なのは——性欲を満たすことなのではないだろうか？

それに気づかせてくれたご主人様は、本当に偉大だと思う。

●

●

●

さて、今日も放課後の調教デートだ。

しかし、巧海につかまってつまらない話を聞かされていたせいで、待ちあわせに遅れてしまった。同年代はテレビやネットゲームとかに夢中だが、僕にはそんなものよりももっと面白いものがある。

「ほんと、同年代は精神年齢が低いよなぁ〜。まぁ、僕が特別なのかもしれないけど」

ひとりごちながら、久美子の会社近くの公園へやってきたのだが――。

スーツ姿の久美子は秘書らしき女性と話しているところだった。

「……だから、その開発については第一企画室のほうに回しなさい。こちらの取引についてはそろそろ営業の二課にすべて任せてもいいでしょう。責任者に判断をさせなさい！」

部下の前では、久美子は昔と変わらず高圧的で傲慢《ごうまん》なできる女社長といった感じだ。

最近はメスマゾ顔ばかり見ていたので、逆にこういう表情を見るのは新鮮だった。

僕は近くの木に隠れて聞き耳を立て、久美子と秘書の話が終わるのを待つことにした。

「了解しました。では、最後にこちらになるのですが……重要案件ということで、社長には一度、会社へ戻っていただきたいのですが……」

秘書がそう言った途端、久美子は不機嫌そうに眉根を寄せる。

「会社に戻れ？　もうそんな時間はないわ！　それは専務の判断に任せるから、そちらで進めてちょうだい！」

「し、しかし、こちらは重要案件で……その……それに、このあとは特に予定は入ってなかったように存じますが……」

秘書は手帳を開いて確認しながら、食い下がる。

だが、なによりも僕との約束を優先する久美子はそれを斬って捨てた。

「もう！　いつまでもわたしに頼ってばかりだから、あなたたちはだめなのよっ！　いいから、早く戻りなさいっ！　これ以上わたしをイライラさせないでちょうだいっ！」

「ひっ……！　あ、あの……は、はいっ！　し、失礼いたしました社長っ！　専務に伝えておきますぅっ！」

すごい剣幕で怒る久美子に驚いて、哀れな女秘書はその場から逃げるように去っていった。その背中を見送ってから、僕は久美子に近づく。

「ふふ、いいの？　会社のことほっぽりだして」

「ふぁぁ⁉　ご、ご主人様っ！　お待たせして申し訳ありませんっ！　もちろん会社よりもご主人様のご調教が最優先ですっ！　わたしは社長である前にご主人様の奴隷ですから！　ご主人様のご調教以上の重要案件なんて、この世に存在しませんっ♪」

凛々しかった表情が徐々にメス顔へと変化していく。もし尻尾があれば、媚びるように左右に振りまくっているところだろう。忠実なペットである久美子にいますぐごほうびをくれてやりたいところだが、さすがに会社の近くの公園でするのは問題がある。

「くく……そうだな、まずはちょっと移動しようか」

「はいっ！　ご主人様♪」

そのまま久美子を伴って、僕は歩き始めた。

そして、やってきた場所は――ファーストフード店だ。

「あの、ご主人様、お腹が空かれているのでしたら、もっといいお店にご案内いたしますが……」

「いや、別にお腹は空いてないよ。それよりも、ほら、早く入ってよ？」

「は、はい……」

規模が大きいファーストフードなので注文しなくても目立つことはなく、僕は久美子を男子トイレに連れこむことができた。

「え？　あのっ、ここはトイレで……」

「ふふ、だからいいんだろ？　ちゃんとした肉便器にしてあげるから、ほらほら、入った入った！」

そのまま久美子をトイレの個室に押しこみ、カバンからロープを取り出してしっかりと縛り、固定してやった。さらには油性マジックペンを使って、あれこれと化粧を施していく。具体的には、『変態社長』、『肉便器』、『露出狂』、『チンポ大好き』など久美子のことを端的に表す文字を書いてみた。

「これで、よし。完成だ！　いやぁ、便器にふさわしい姿になったなぁ～！」

便座の上で緊縛され、身体中に卑猥な落書きをされた久美子は自らの姿を見て鼻息荒く興奮する。

「んはぁぁあ♪　んっくぅう♪　あぁああ、ご主人様ぁっ♪　これぇっ……こんな姿ぁ、見られたらぁ、人生終わってしまいますぅううう♪」

「ふふ、別に見られてもいいでしょ？　むしろ、それが望みじゃないの？　ほら、乳首も勃ってるじゃないか」

手を伸ばして乳首をいじり、そのまま乳房を揉みしだいてやると久美子は嬌声をあげて悶えた。

「んひぃい♪　んふぁぁああ♪　は、はいぃ♪　み、見られて恥さらすのぉ、好きですぅう♪　で、でもぉ、わたしはぁご主人様専用の肉便器ですからぁっ♪　ほかの人にはぁ、肉便器マンコ使わせませぇん♪」

「ふは、まぁ、僕もそのつもりだよ。あくまで僕専用だからねぇ。でもほんと、露出好きだよねぇ？　乳首ますますビンビンにして……そらぁっ！」

不意討ちで乳房にビンタをすると、パァン！と、思いのほかいい音が出た。

「んおっはぁああ♪　そ、そんな音出たらぁ、店内まで聞こえてしまいますぅう♪　んほぉおおおっほぉおおおう♪」

「ははは、ビンタの音よりもその獣じみた喘ぎ声のほうを気にしたほうがいいんじゃないかなぁ～？　ほらっ、ほらぁ！」

さらに乳房への往復ビンタを繰り返すと、久美子は痙攣しながら喘ぎまくる。

「んほぉおぉおおお♪　んふっぐぅうう♪　こ、こんなところぉ、もしサボってる営業の社員にでも見つかったらぁ、身の破滅ぅうう♪」

それでも興奮がとまらないのか、ロープをギシギシ軋ませて嬌声を漏らし続けていた。

ついさっきまで秘書を怒鳴りつけていたのに、一気にここまで変貌するのだからメスというのは面白い。

「くくっ、まるで身の破滅が起こってほしいみたいな喘ぎ方だよねぇ？　まあ、そうなったら開き直って僕のペットになれるものねぇ～！」

「んはぁ、んはぁ♪　で、でもぉ、だめぇ、それはだめよぉ、そうなったらぁ、ご主人様に貢げなくなってしまうわぁっ！　ババアは金を貢ぐくらいしか若いオチンポに相手してもらえないからぁ、それはだめなのぉおっ！」

「ふっはぁっ！　そうだったねぇ！　確かに社長の立場を手放したババアマンコとなると価値は暴落だぁ！」

「あはぅううう♪　そうっ、そうですぅうっ♪　ご主人様のためにもぉ、社長じゃないといけないのぉお♪　んふ、んふぅうう♪　付加価値つけないとぉ、ババアマンコ誰も使ってくれないのぉおお♪」

「さすが社長を務めるだけあって、市場分析ができてるってところだねぇ〜。くはは!」

蔑《さげす》み、バカにしながらも、ごほうびの乳首つねりをしてやる。そうすると、たまらず久美子は哀願してきた。

「んぎっひぃ♪　んっはあぁぁあ〜♪　ご、ご主人様ぁ、もう、限界ですぅう♪　ここっ、ここでオチンポ突っこんでくださぃい♪　もうぅ、我慢できないのぉおお♪」

「はは、もう少しためらいがあるほうがかわいげはあったかもねぇ〜?　でもまぁ、抜くだけの肉便器に期待してもしかたないかぁ〜」

とは言いつつも、こちらの肉棒も勃起していた。ズボンから取り出して見せつけると、久美子は瞳を輝かせる。

「んっはぁああ♪　お、お願いっ、お願いしますぅ♪　オチンポっ、早くぅ、ぶちこんでくださいぃいい♪　マゾババア肉便器に役割果たさせてぇええ♪　お願いしますぅう♪」

「ふははっ!　まぁ、トイレにきたら便器を使わないとねぇ!　それじゃあ、入れてやるかぁっ!　そらぁっ!」

そのまま僕は溜まった精液を吐き出すべく、肉便器マンコに肉棒をぶちこんだ。いつもながら膣内はグッチョグチョで準備万端だ。

「んぉおっほぉおおおぉおう♪　肉便器のご利用ぅ、ありがとうございますうぅ♪　オ

露出狂
チンポ大好き
変態社長

チンポぶちこんでいただきぃ、心より感謝申しあげますぅううううう♪」

狭いトイレ内に歓喜の絶頂ボイスを響かせながら、膣内を激しく収縮させて肉竿を迎え撃ってくる。さすが肉便器機能に関しては優秀だ。

「んほおぉおぉ♪　若いオチンポに使ってもらえるなんてぇえ♪　マゾババア肉便器ぃ最高の気分ですぅうう♪　んほおぉおぉおお♪　もっと奥までズボズボ使ってぇ♪　便器壊れるぐらい乱暴にしてぇえええええ♪」

「ははは！　それじゃあ、奥の奥まで使ってやるかぁ！　そらぁあああああ！」

望みどおりに激しく腰を突き出して肉棒を奥までねじこみながら、蹂躙《じゅうりん》しまくる。そうすると、さらに収縮と痙攣が強化された。

「んごぉおぉおお♪　おぐほぉおおおおう♪　届いてますぅっ♪　奥まで届いてますぅううう♪　子宮がぁ、硬いオチンポに犯されてぇましゅぅうううううっ♪　ひぃいいっ、ひぃい♪　オチンポよすぎるぅっ、ご主人様に犯していただいてるときがぁ、いっちばんしあわせぇえええ♪　んっほぉおおおおおおおおぉぅ♪」

久美子はピストンのたびに隠しきれない淫獣っぷりをさらけだしていく。だから、僕は主人としてそれをさらに解放させるべく腰振りをハードにしていった。

「そらそらぁっ！　破滅と隣りあわせのセックスが気持ちいいんだろっ⁉　ここまでマゾだともう普通のセックスで満足なんて到底できないよねぇ！」

「はひぃぃ♪　もう絶対にノーマルセックスじゃ満足できませぇん♪　ご主人様の施してくださるハードで破滅ギリギリの調教アブノーマルセックスじゃないと、もうババアマンコ満足できないのぉおおお♪　んほっおぉおほぉおおぉおう♪　トイレの個室で肉便器になるの最っ高ぉおおおお♪　ご主人様のアイディアと実行力はぁ、どんな企業経営者よりも上ですぅううう♪」

僕のことを称賛しながら、膣内を狂おしく締めつけまくる。入れているだけでも射精しそうな快楽だが、それでも僕はさらにピストンをしていく。

「んぎっひぃいいい♪　ピストンチンポぉお♪　キュンキュン搾るだけでぇえ、ひぃいいいいっ♪　気持ちよすぎてマンコが勝手に、ご主人様に媚びちゃいますぅう♪」

大量の愛液を噴きながら、それでも奴隷の義務として締めつけを繰り返す。これまでのハードなしつけによって、ただ快楽を貪るだけのブタにはならない。そうじゃないと僕の奴隷や便器は務まらないのだ。

「あぁ、いいよぉ！　そうだ、調教の成果でてるねぇ！　もっと、もっとだよぉ！　くっふぅ！　そのままチンポを全力で悦ばせろぉっ！」

「んぎひぃいい♪　はひぃ、はぃいい♪　全力でぇご奉仕させていただきますぅ♪　便器代わりの子宮でぇ、オチンポに悦んでもらいますぅううう♪　んふぅ♪　んっふぅ♪」

いきむようにして、久美子は膣内を強烈に締めあげる。自発的に収縮を繰り返しているので、何度使ってもガバガバになることなく膣内のキツさは健在だった。

「くははっ、ユルマンになったら捨ててやろうかと思ってたけど、これなら大丈夫そうだねぇ！　ほらほら、これからも怠らずマンコ鍛えるんだよぉお！」

「はひぃい、マンコ鍛えますぅう♪　ご主人様に捨てられないように、ババア必死になって膣トレしますぅううう♪　んっほぉおおお♪　んはぁあああ♪　ピストンすごいぃいいい♪　若くてたくましいオチンポにこんなに犯していただけてぇ、感激ですぅうう♪」

「くくっ、その意気だぁ！　そらっ、そっちも動け！　主人にばかり腰を振らせて休むなよ、肉便器のくせにぃ！　マンコで労働しろぉっ！」

「んはぁおおおお！　も、申し訳ございませぇん！　動きますぅう♪　額に汗して肉便器労働しますぅう♪　んはぁ、んほぉ、んふぅううう♪　ひぃい♪　オチンポもっと奥までくるぅうううう♪　んぉお、んほぉお♪　んっほぉおおおう♪」

　久美子は肉食獣を彷彿とさせる腰使いで、激しく肉棒を膣内でしごきまくってくる。

　突きあげる動きと押しこむ動きがあわさって、快楽がどんどん膨れあがっていった。

「んひぃい♪　んおぉ♪　若いオチンポに肉便器労働するのぉ、最高おぉお♪　女の悦び感じるぅうう♪　んはぁあああ♪　んひぃいいい♪　ご主人様ぁ、どうかもっともっと気持ちよくなってくださいぃいい♪」

「ははっ、いいぞ、いいぞ！　社長だからってふんぞり返ってないで、ちゃんと労働して奉仕しろぉ！　んくはぁ、そらそらっ、もっとチンポに必死にしがみつけよぉっ！」

　肉棒を抜き差しするたびに、反り返ったカリ首がザラザラした部分に引っかかって大量の愛液が迸る。摩擦と汁でますます膣内温度は上昇して快楽に変換されていく。まるで発電しているような気分になりながら、ピストンスピードをより速めていった。

「んっはぁああ♪　あああ♪　しゅごいぃぃ♪　しゅごいですぅ、ご主人様ぁあ♪　は、激しいっ、すごいっ、たくましぃい♪　若いオチンポ最高ぉおお♪　届くぅう、届いちゃってますぅう♪　んぉおおおおほぉ♪　子宮が太鼓みたいにぃ、ゴンゴンオチンポにぃ、嬲られひぇるのぉおお♪」

「はは、そんなに乱暴にされるのがいいのかよ⁉」

「はひぃい♪　ご主人様に乱暴に犯されるのぉ、たまらなくうれしいですぅう♪　んほぉおおお、おぉおお――♪　もっともっと使ってくださいぃい♪　便器マンコ壊れちゃいそうなぐらいぃ、オチンポぶちこみまくってぇえええっ♪　イカせてぇえええ♪」

「おいおい、そっちが奉仕する立場なんだろぉ？　そう簡単にイッたら労働にならないじゃないかぁ！　まずは僕のことをしっかりイかせないと、このままチンポを抜いて帰っちゃうよぉっ！」

　ピストンのみならず言葉責めをすると、久美子はそれまでのとろけ顔から一転して恐怖に表情を引きつらせる。

「っはぁああ⁉　い、いやぁ、いやああああああ！　ああっ、申し訳ありません、大変申し訳ありません、ご主人様ぁあああああ！　心入れ替えて肉便器労働いたしますからぁ、オチンポぉ抜かないでくださいぃ、どうかババアマンコを捨てないでください！　いまぁ、捨てられたらぁ、ショックで発狂してしまいますぅう！　んひぃううう！」

涙を浮かべて本気で哀願してくる姿を見てゾクゾクしたものが背すじを駆け抜ける。

メスにこんな表情をされたら、こちらとしても放っておけない。

「くはは、それじゃあ、がんばれよ！　僕をイカせてみろぉ！」

促すと、久美子は何度も激しくうなずきながら腰を使い始める。

「んはぁああ♪　イかせますぅっ、ご主人様のことぉ、マゾ便器としてイカせてみせますぅうう♪　んおぉおほぉおおぉお♪　締めるぅ、マンコ締めてぇ、一生懸命労働しますぅううう♪　ひい、ひいぃいっ、んぎっひぃいい♪」

「ほらほら、そんなもんかぁ？　もっとがんばれるだろぉ⁉」

「んぐふぅ♪　もっと、もっとがんばりますぅう♪　オチンポぉお、必ずイかせてみせますぅう♪　んふほぉお♪　マゾババアのマンコ全力全開フルパワーでご奉仕いたしますぅうう♪　んほぉおおお♪　んっほぉおおお♪　あはぁあああ♪　ザー汁出してぇ！　ご主人様専用の精液便器にぃっ、いっぱい排泄してくださいぃいいいいい♪」

限界を突破したのか、これまで以上に腰の動きが速くなり、命ある生物のように膣内が蠕動《ぜんどう》して締めつけてきた。

僕の調教と久美子の肉便器として成長したいという意思によって、さらなる進化を遂げたようだ。

「くっはぁ！　やればできるじゃないかぁ！　そうだ、いいぞ、マゾババア！　くふぅ、くああ、来たぞっ！　精液もうそろそろ発射するぞぉ！」

淫穴がポンプのように精液を吸いあげようと蠢くのを感じながら、こちらも反撃とばかりにラストスパートに入る。

「んごぉおお♪　んぎっひいいいん♪　あぁあああ♪　すごい、すごいすごいすごいぃいい♪　オチンポすごすぎるぅううう♪　んほおぉおおおお♪　マンコが壊れるぅ、マンコがバカになっちゃうぅううう♪　そんなにガンガン突かれたらぁ、潮噴くのとまらなくなるぅうう♪　んぉおお♪　んっほぉおおおおおおぉおう♪」

――ジュバァア♪　ジュバァァアー！♪　ブシャァアー！♪

連続で潮を噴きながらも、久美子は休むことなく腰を振りまくってきた。

「んぐおぉおおお♪　んごほぉおお♪　ご主人様ぁ、イッてくださいぃい♪　壊れた蛇口みたいになってる淫乱スケベ変態肉便器マンコにぃ、精液恵んでくださいいぃいいいい♪」

「うぐっはぁ！　あぁあ！　潮噴きピストンすごい気持ちいいぞぉ！　よぉおし！　ここまでがんばったなら、ごほうびくれてやってもいいかもなぁ！　くっはぁ、イクぞぉおおおお！　ザーメン大量に放出してやるぅううっ！」

噴き出す潮を押し戻すような勢いでトドメのピストンを繰り返していき――こみあげてきた精液を一気に解き放った。

「ひはぁぁあぁぁああぁ♪　きてるっ、きてるわぁあああああ♪　ご主人様のオチンポからぁああ♪　濁流のような勢いでぇ、ザー汁ぅ入ってくるぅううう♪　おぉおほぉおおおぉおおおおう♪　おっほぉおおー－－－－－－－－－－－－－－－ぉおおおおう♪」

中出しによって、久美子はさらなる快楽の高みへと昇っていった。それによって、激しく肉棒が締めつけられ、搾られるように精液が次々と飛び出ていく。

目の前が真っ白になって意識が飛びながらも、本能に従って腰を振り続け、精液を吐き出していった。

「ひぃいいぃいぃいい♪　すごい、しゅごいですぅう♪　ものすごい大量でぇええ、子宮瞬時に満たされちゃってますぅうう♪　あー－－－－－－－っ♪　妊娠するぅう♪　若くて活きのいい濃厚精液でぇ、孕むぅうー－－－－－♪」

「くっおぉお、まだまだ出るぞぉおっ！　そらぁ、便器を精液で満たしてやるっ！　孕ませてやるよぉっ！　くはぁっ！　搾りたてのドロドロの精液で妊娠しろぉっ！　うはぁ！」

もうこちらも壊れた蛇口のようにドバドバと精液が噴きあがってしまう。快楽が次々と爆発して、最高の気分だった。

「んおぉおお♪　まだっ、まだ出るなんてぇええ♪　んっはぁああ♪　こんなに出たらぁ、孕むぅ♪　金玉から搾り出された子作り汁でっ、孕むわぁっ♪　んっひぃい♪　今度は娘がほしいのぉお♪　ご主人様をいじめるようなバカ息子はいらないのぉ！　肉便器にふさわしいオナホ娘をを産みますからぁ♪　もっと子宮に精液飲ませてぇえええええ♪」

「ふはっはぁっ！　よく言ったぁ！　そうだぁっ！　あんなバカ息子なんかよりも従順なオナホ娘のほうがいいよね！　くはぁ！　これで最後だぁっ！」

　ラスト一発は子宮奥深くに叩きこみながら、射精してやった。

「んぎっひぃいいぃいいぃいいーーーーーーー♪　きてるぅう、ふぎぃいい♪　精液ぃ奥の奥までぇぇええ♪　あっはぁあああああ♪　気持ちよすぎてぇぇええ♪　便器のくせにぃ、おもらしぃ、しちゃふぅうう～～～～♪　便器ぃ故障しちゃうぅうぅう♪　んっほぉおおぉおおおお～～～～～う♪」

「おっとぉ！」

慌てて肉棒を引き抜くと、久美子は膣奥から潮を迸らせ、同時に尿を撒き散らした。

「おいおい、せっかく精液出してやったのに、洗い流されちゃうだろっ！」

「んひぃいいい♪　た、大変、申し訳ありませぇん♪　んおっほお、おぉおう♪　んほぉおおお～っ♪　こ、こらえしょうのない肉便器でぇ、大変、申し訳ありませぇえええん♪」

「ったく、これだから古い便器はだめなんだよなぁ。はぁ、ああ、なんか便器便器連呼してたら本当に小便したくなったよ」

僕は久美子の小便が終わるとともに再び肉棒を膣内にぶちこみ——続いて、今度はこちらから放尿を開始した。

「ふぅぅうう～～～」

「あふぅうう～～～♪　んふひぃい♪　お、おしっこぉお～♪　ひぃいい♪　おしっこされてるぅう♪　本当の便器にされてるぅう♪　あぁぁああぁ♪　完全便器扱いでぇ、精神的にイクぅうう♪　おしっこにイカされるぅうう～～～♪　んはぁぁああああぁあっ♪」

小便をされた久美子は全身をガクガク震わせて、マゾ丸出しで絶頂していた。

「ふっは！　おしっこしてやってるだけなのに悦びすぎだって！　ふぅう～、そら、漏らすなよぉ？」

「んおぉおぁ♪　締める、締めますぅっ♪　あはぁあああ♪　しっかり肉便器のお仕事ぉ果たしますぅう♪　んっおぉおおおお♪　震えるぅっ♪　マン肉がぁあっ♪　おぉほおぉ、悦びすぎてぇ、痙攣するぅううう♪　おぐぅう♪　きもぢよすぎでマンコイッぐぅう♪」

　まるで射精でもされているかのように悦び絶頂しまくる姿は、まさに真性淫乱変態マゾ肉便器。……まぁ、これぐらいこなしてもらえないと僕の肉便器にふさわしくない。

「ふふ、便器のくせして絶頂しまくるから締めつけが強すぎて尿が途中でとまっちゃうじゃないか」

「んひぃい、ご、ごめんなさいぃ、ご主人様ぁ♪　でもぉ、ご主人様のおしっこ気持ちよすぎてぇ、身体が勝手にイッちゃうのぉおっ♪　おふぐぅう♪　奥まで響くぅう♪　子宮が便器にされてぇ、悦んじゃってるのぉおおお♪」

　そのままさらにブルブルと膣内を激しく痙攣させてくるが、僕はかまうことなく腰を振って残りの尿も放出していった。

「ふはぁあ～～、やれやれ、やっとでたよぉ～。……それじゃ、引き抜くから漏らさないでよね？」

「いひぃ、ひいっ、抜くっ……？　ひぃあ、ま、待ってぇっ、ご、ご主人様、んひぃい、い、いま抜かれたらぁ――♪」

「そらぁ！」

肉棒を勢いよく引き抜くと、そのタイミングで久美子は下半身全体に力を入れて膣口を思いっきり閉じた。

「んぐぅうう――！　おふぅっ、おお、おふぅお♪　抜け……たっ、あ、あぁ♪　で、でもぉ……おしっこ出さないようにぃ、締めますぅううう♪　んっぐぅううう！」

必死の形相で久美子は僕の尿が膣口から出るのを食いとめる。

だが、いくら努力しても液体が流れるのを阻止するのは無理がある。精液と小便の混合液はプシュプシュと下品な音を立てながら漏れ出し、少しずつこぼれていった。

「んっひぃいい♪　し、締めてるのにぃっ……ああぁ!?　便器のお役割ぃ、果たしたいのにいい！　ひぃい、ひぃっ♪　た、大量すぎてぇっ……漏れてるぅうっ……！」

「ったく、ババアマンコはゆるゆるで締まりがないからなぁ～」

「おぉおふ、おふううぅ♪　も、申し訳ありませんっ、ご主人様ぁ！　あぁあ、中に蓄えておきたいのにぃ、出ちゃうぅう！　んひぅ、ひぃい――♪」

「くく、しかたないなぁ。片づけが面倒になるのも勘弁だから蓋してやるよぉ！　漏らすなよぉ？」

僕はカバンに入れておいたバイブを取りだすと、開きかけた膣口に一気にぶちこんでやった。

「んぎっひぃいいいいい！　ひぃい、ひいぃいいい♪　おお、おほぉおおおぅ♪　ば、バイブで蓋なんてぇ、ご主人様さすがですぅ♪　おっほぉおお♪　またイグ♪　精液とおしっこバイブで子宮に押しこまれてぇ、イッグぅううう━━━♪　んほぉおおぉおお♪」

「あーあー、蓋してやっただけでイクとは本当にどうしようもない淫乱肉便器だよねぇ。肉便器のくせに、ザーメンタンクの性能に問題があるんじゃない？　しっかり鍛えて、僕の便器にふさわしくなってもらわなきゃねぇ～？」

　バイブを掴んでグイグイ奥に押しこみながら念を押すと、久美子は絶頂を我慢しながら答える。

「んぐぅうう！　は、はひぃい♪　ご、ご主人様に、ふ、ふさわしい、肉便器になれるようにぃ、これからもぉ、努力いたしますぅう！　んおぉ、おおっ♪　すぐにイク欠陥肉便器体質でもぉ、もっと絶頂コントロールできるよう、がんばりますぅう！」

「ははは、まぁ、僕に捨てられないようにがんばってよ。それじゃ、僕はちょっとハンバーガーでも食ってくるから、ここでザーメン溜めこんだまま待っててよ？　まあ、こんな汚い肉便器に誰も手は出さないだろうしね」

「んっほぉおお♪　ま、待ちますぅっ！　ご主人様のぉ、おかえりをぉ、専用肉便器はお待ちしておりますぅう！　ひっぐぅうっ♪　見つかったら人生おしまいの放置プレイぃ、がんばりますぅぅう♪」

肉体的にも精神的にもさらにどうしようもないレベルに達した久美子に別れを告げて、僕は食事をするためにトイレをあとにした。

意外と防音がしっかりしているのか、店内で異変に気がついた者はいないようだ。

ハンバーガーを食べている間も、幸か不幸かトイレを使う客はでなかった。

「さて、そろそろ帰るか」

いっそこのままひとりで帰るのもありかと思ったが――この現場を誰かに見られたら騒ぎになってしまうだろう。

トイレに入って個室のドアを開けると久美子はビクッと身体を震わせたが、入ってきたのが僕だと気づいて表情を輝かせる。

「んはぁああ♪　お帰りなさいませ、ご主人様ぁあ♪」

「はは、トイレの個室にきてお帰りなさいもないけどねぇ～？　それじゃ、もう一発出してから帰るかぁ」

そのままもう一回肉便器を使ってから、僕は今日の調教を終えたのだった。

●
●
●

いじめっ子気質というのは、どうやら不治の病のようだ。

僕は、買ってくるように頼まれた（というより強制された）ゲームを巧海に手渡した。

ここのところいじめはおさまっていたのだが——再び巧海は僕にちょっかいを出すようになっていのだ。ちなみに、いまいるのは芹沢家のリビングだ。

「へへっ、ごっ苦労さぁ～ん！　並ばなくても新作ゲームが手に入るなんて、ありがたいねー。やっぱりパシリがいると便利だよなー」

以前の僕なら怒りと悲しみに支配されているところだが、いまの心は穏やかなものだった。そもそも、そのゲームは久美子から貢がせたクレジットカードを使って買ったので僕の懐は痛まない。

あいかわらずこいつはガキだな——と思うと、笑みがこぼれてきてしまいそうだ。

そんな僕を巧海は訝しげに見てきた。

「あぁん？　なんだよ、気味悪いな……。ていうかさ、すぐにゲームするから、おまえはジュースとスナック菓子でも買ってきてくれよ。……そもそも、それぐらい一緒に買ってくるぐらいの気が利かせられないのかなー？」

ネチネチ小姑《こじゅうと》のように言われると、さすがにイラッとする。

そろそろ、久美子を使ってこらしめてやろうとスマホを取りだしたところで——。

「——巧海ぃっ！」

こちらが合図する前に久美子がリビングに入ってきた。

「ま、ママッ⁉　い、いや、母さんっ⁉」

「ぜんぶ、ドアの向こうで聞いていたわ！　あなた、まだ懲《こ》りてないのね！　もう彼をいじめないって約束したでしょう⁉」

すごい剣幕で怒ってくる久美子に、巧海はうろたえながら言い訳をし始める。

「ち、違うんだよ、これは、その、これはこいつも同意してっ！　そ、そもそも、なんでママがこんな時間に帰ってきて――っ！　そ、そうかっ！　おまえがママのことを呼んでおいたんだなっ！」

あまりのタイミングのよさに感づいた巧海は怒りのままに僕に掴みかかろうとしてきた。そこを、すかさず久美子が割って入る。

「あなた、また彼に暴力を振るおうとしているの⁉　こんなに真面目でいい子に対して、なんであなたはそんなことばかりするのっ！」

「い、いや、だからっ……それはっ……」

「言い訳でもするつもり⁉　そんな情けない子だとは思わなかったわ！　男としての価値は彼に比べて微塵《みじん》もないわ……！」

僕の男の象徴であるチンポの価値を誰よりも知っている久美子は、心からそう思っていることだろう。

ここまで怒られたことはなかったのか、巧海は力なくうなだれた。

「いい？　あなたを許すのに彼はお金なんて受け取ってないのよ？　怪我をさせたあなたを寛大な心で許してくれたの。……それに比べて、あなたはっ！　問題がなくなったのをいいことにまたいじめを再開するだなんて情けない！　言葉が出ないわっ！」

「……マ、ママ……」

巧海は情けない声で最愛の母を呼ぶが、そんな息子に久美子は冷たく言い放つ。

「情けない声でママだなんて呼ばないでちょうだい。……もういっそ厳しい全寮制の学校に入れるべきかしら」

「──っ!?　そ、そんなっ……！　これからはちゃんとするからっ！」

「いまの状態でそれを信じられると思うかしら？　……ともかく、あなたは自分の部屋に戻っていなさい！　わたしはこの子に謝罪しなければいけないわ！　ほら、彼に謝ってから部屋に戻りなさい！」

「っ……くっ……ご、ご、ごめんなさいっ……っ！　くぅっ……う……！」

巧海は僕にではなくほとんど久美子に向かって謝罪をすると、負け犬そのものの情けない顔でリビングから出ていった。

そして──完全に巧海の足音が消えてバタン！と勢いよくドアを閉める音がしてから、久美子は勢いよく土下座をしてきた。

「ああっ！　大変申し訳ありませんっ、ご主人様っ……！　巧海がご主人様にまだあんな態度を取っていただなんて……！　言って聞かせれば大丈夫だと思ってたのにっ……」

最初に出会ったときの謝罪とは違う、本当に心がこもった土下座だ。そして、謝罪の念のみならず——これが原因で僕に捨てられたらどうしようという恐怖心も感じられる。

「こんなにも素晴らしいご主人様にあんな態度をとるだなんて、本当にどうしようもないバカ息子に育ってしまって………ああ、本当に、本当に申し訳ございません、ご主人様……どう、お詫びすればいいのか……」

「くく……僕に対するお詫びなんて決まってるでしょ？　ほら、ここでぜんぶ脱ぐんだ。どうせあのバカ息子は、叱られたことを忘れようとゲームに夢中になってるよ。ここから出ていくときにまでゲームを持ってってるような救いようのないバカだからね」

「っ！　ほ、本当にあの子はっ……」

「まぁ、巧海のことはどうでもいいよ。ほら、さっさと脱いでよ？　たまったストレス、しっかり発散しないとねぇ？」

ねっとりと身体を舐めまわすように視姦すると久美子はブルルッと身体を震わせた。

「んんっ……！　んはぁ、わ、わかりましたっ……脱ぎますっ！　ご主人様にぃ、肉体をもって謝罪させていただきますぅ……♪」

「くくっ……バカ息子が同じ家にいる状態で、どんなお詫びをしてくれるのか楽しみだなぁ～？」

「あ、ああ、バカ息子が家にいようとぉ、肉体での謝罪しっかりさせていただきますぅ……んはぁ、こ、このたびはぁ、誠に申し訳ございませんでしたぁあっ……！」

衣服を脱いで裸になった久美子は立ったまま壁際に手をついて、尻を突き出してきた。

「んはぁ、はああっ！　謝罪ぃっ、バカ息子を育ててしまった母親失格のマゾババアの穴でぇ、謝罪させててくださいぃ、ご主人様ぁあ♪」

続いて、ぐっと腰を落としガニ股になるとケツを上下左右にゆっくりと振りはじめた。膣口は誘惑するようにパクパクと開閉を繰り返しながら淫臭をまき散らし、トロトロにとろけたピンク色の淫肉を見せつける。

「んほぉぉ、んふぉぉぉお♪　頭の代わりにぃ、マンコでぇ、お尻を下げて謝罪しますぅっ、ん

くふぅっ！　どうかお怒りをこのマゾマンコで鎮めてください、ご主人様ぁああぁ♪」

「くははは っ！　息子がバカで母親はマゾかぁ！　まったくどうしようもない家庭だよなぁ〜！　ほらほらぁ、もっと腰振っておねだりしながら謝罪しろよぉ！」

調教のときのように叱咤すると、久美子はますます発情を強めて表情をとろけさせる。

「んくふぅうっ、ふっぐうう、ふぐぅん♪　んはぁ、どうしようもない家庭でぇ、申し訳ありませぇん！　もっと、もっと謝罪しますぅ！　息子に見られたらぁ一発アウトの下品なガニ股おねだりでぇっ、んぁあ♪　たっぷり謝罪しますぅ！　んほぉお、おほぉお！」

久美子はガニ股のまま腰を振って愛液を滴り落とし、いつものような珍妙な喘ぎ声をあげながら謝罪を繰り返す。バカ息子が家にいるのに、ここまでやれるのはいい度胸だ。

「くくっ、もしかしてバカ息子に見つかりたいのかなぁ〜？　こんな姿を見られて、呆れられて、完全に僕のものになりたいのかなぁ〜？」

そんな問いかけに、久美子の腰が攻められでもしているようにビクビクと跳ねた。

「んはあぁ、あぁあ、だめ、だめよぉ、そんなことぉ、そんなことしたらぁ、ぜんぶ終わってしまうわぁっ、巧海の気もおかしくなってしまうかもしれないのにぃ――！」

「――しれないのにぃ？」

「あぁあ、でもっ、でもぉお！　ご主人様がっ、それを望むならぁっ、それでもかまわないですぅう♪　謝罪の代わりになるんでしたら……わたしっ、従いますぅう……♪」

久美子は逡巡したものの、最後には――バカ息子よりも僕のことを優先した。

――そう。もはや、久美子の心は溺愛していた巧海よりも僕に向いているのだ。

えもいわれぬ満足感と征服感が全身に拡がり、それだけで勃起してしまう。

そして、発情を強めたのは久美子も同じこと――。

「んっはあぁぁあ♪　言ってしまったわぁ♪　そうぅ、もうわたしの心はご主人様のものなのぉ、バカ息子なんてどうでもいいのぉ！　わたしはご主人様だけのものですぅっ、ご主人様のオチンポに一生使って謝罪しますからぁ、どうぞ、ドスケベな二つの穴でお詫びさせてくださいぃっ♪」

吹っ切れたようにさらにガニ股になり、大胆にケツを突き出してきた。

「んっひぃいい♪　マゾババアのマンコもアナルもぉ、一生ご主人様のものですぅ♪　ご主人様の望む穴でぇ、謝罪させてくださいぃい♪　どっちの穴も中出しし放題の肉便器穴ですからぁ、いっぱい精液くださいぃっ～♪」

腰をヘコヘコ使いながらおねだりを繰り返す姿に、肉棒がさらにバッキバキになる。

「くっはぁっ！　やっぱり必死すぎだよねぇ！　もうこれ録画でもしてしっかり残しておきたいぐらいだよぉ！」

こちらが興奮したのがうれしいのか、ガニ股足の中央でパックリ開かれた秘穴からは悦ぶように愛液が溢れ、垂れていった。

「んっほぉおお♪　もちろん撮っていいわぁっ♪　んくぅ、こんな無様なマゾババアの姿をかまってもらえるだけでもうれしいのにぃ、動画に撮ってもらってオカズにしていただけたらぁ、ババア悦んじゃううぅう♪　んほぉおおお♪　んほぉおおお♪」

　歓喜に震えた久美子は、ますます激しいガニ股ダンスを披露する。

「んっはぁあああ♪　もっとぉ、もっと見てくださいぃ♪　ご主人様のオチンポのための下品ダンスぅ♪　おぉほぉお♪　もっと蔑んで、嘲笑《あざわら》ってぇ、バカにしてぇ♪　ドスケベマゾババアにぃっ、スケベ穴で謝罪させてちょうだいぃ！」

　もしストリップ劇場で公演したら当局からストップがかかりそうなほどの淫乱変態肉便器のガニ股ダンスショーに、こちらの興奮は極致に達した。

「くっははっ！　本っ当にどうしようもない淫乱変態肉便器マゾババアだなぁっ！　そこまで若いチンポをぶちこんでほしいのかよ!?」

「あぁあ、ほしい、ほしいですぅ！　謝罪ぃ、させてくださいぃ！　もしご主人様に捨てられたらぁ、絶対に気が狂うか性犯罪に走ってしまいますぅううっ！　だ、だからぁ——お願いしますぅ！　ご主人様のオチンポでズボズボしてぇえっ！　飢えたババアマンコを見捨てないでくださいっ、ご主人様ぁあああっ！」

　魂の叫びに、さすがの僕も心を——いや、チンポを動かされた。

「やれやれ、しかたないなぁ！　ババアの性犯罪防止のためにも入れてやるかぁ！」

「んはぁあああああ♪　ありがとうございます、ありがとうございますぅうう♪　ご主人様のおかげでぇ、わたしは性犯罪を犯さずにすみますぅうう♪　おおぉほぉおおお、歓喜のあまり勝手に腰が動くぅうう♪　ガニ股ダンスさらに下品度増しちゃうぅうう♪」

もはや地球上のどんな動物よりも下品に腰を振っているであろう久美子の淫膣に、僕は猛り狂った剛直をぶちこんだ。

「んぐっひぃいいいいいいっ♪　おぉおおぉほおおおおぅっ♪　きたぁっ♪　きてくださったぁあああ♪　ガニ股下品マンコの奥までぇええええええええ♪　んっひぃいいいいいいいいいいいいいいいいーーーーーーーーーー♪」

これ以上ないぐらい下品なマゾ顔をさらしながら、いきなり絶頂を迎える。

だが、これは調教であり謝罪も兼ねている。

だから、すぐイク愚かなメスマゾに鉄槌をくだすべく僕は全力で平手を振り下ろした。

――スパァアアアン！

「んはぁあぁああーーーーー♪　感じるぅうう♪　謝罪なのにぃ、ケツ叩きでぇ、ビクビク感じちゃうぅううーーー♪」

「おらぁ！　悦んでちゃ謝罪にならないだろぉ！」

――バチィイイン！

再び渾身の力で平手を振り下ろしながら、全力でピストンを開始した。

「んひぃい、んひぃぃいいいっ♪　申し訳ありません、大変申し訳ございませぇえん！　んはぁああ、でもぉ、オチンポ気持ちよすぎてぇ、ついヨガっちゃうんですぅうう♪　んはぁあああ♪　もうマンコがご主人様のオチンポの形にカスタマイズされてぇ、ガンガン突かれるたびにマンコ全体が気持ちよくなっちゃうんですぅうう♪」

「くはは！　謝罪だなんだって言っても、バカ息子を追い出してするセックスが気持ちいいんだろぉ？　もう本当に母親失格だよなぁ⁉」

「んはぁああ♪　ご主人様のおっしゃるとおりぃ、わたしは母親失格のドマゾ変態肉便器奴隷ですぅうう♪　息子を叱りつけて部屋にこもらせてぇえ、自分は謝罪セックス調教楽しんじゃうのぉおぉおおっ！　んっはぁあああ♪　あああ、わたし最っ低ぇえええ♪」

マゾは自分の言葉や行動を振り返るだけでも感じるのだから、どうしようもない。

だからこそ、僕がしっかりとしつけないといけない。

「おらぁ、あいかわらず言っていることに説得力がないんだよぉ！　少しは反省しろっ、この自分の快楽ばかり優先するマゾブタぁ！」

両手を思いっきり振りあげると、同時に尻肉に叩きつけた。

——バチィイイン！　バチイイイ！

「ひぎっおおおほぉおおぉお！　おふほぉおぉお♪　お、お尻ぃっ、そんなに強く叩かれたらぁ、あぁああ♪　痛気持ちよくてイッちゃうぅうう♪　んぐふぅううう♪」

「まったく！　しつけのために叩いてやってるのに気持ちよくなってるんじゃしょうがないねぇ！」

「んはぁああ♪　本当にわたししょうがないメスブタですぅう♪　ケツ穴セックス覚えてからぁ、トイレに行くたびにぃ、オチンポ思い出して感じちゃうんですぅう♪　だからぁ、お願いしますぅ！　どうかお尻をズボズボしてくださいぃい♪　ケツ穴でぇ、オチンポに謝罪させてぇええええ♪！」

　スパンキングで赤くなったケツをプルプル震わせながら肛門をものほしげにヒクつかせてくる姿に、こちらの興奮も最高潮に達した。

「ははは！　謝罪したいのか気持ちよくなりたいのかどっちだよ！　まぁ僕も久しぶりにアナルにぶちこみたいからねぇ、遠慮なく使ってやるよぉおっ！」

　膣内から肉棒を引き抜くと——そのままケツ穴にぶちこんでやった。愛液が天然のローションとなって、実にスムーズに入りこんだ。メス便器たるもの、両穴をいつでも使えるようじゃないといけない。

「ひぃいいいいい♪　きたぁぁあ♪　ご主人様のオチンポぉ、アナルにぃいいい♪　んはぁああああ♪　お尻ぃ、焼けちゃうぅう♪　熱い棒突っこまれてぇ、さらに気持ちよくなっぢゃうぅうううう～♪　んごほぉおおぉおおおう♪」

「くぅう！　あぁ、すんなり入ったけど、そのあとの締めつけがすごいねぇ！　あぁあ、いいぞ、これはっ！　ほらほらぁ！」

「んぎひぃぃぃぃ♪　んぐぶぅう♪　んごほぉ♪　しゅごいぃ♪　ケツ穴ガンガン犯されてるぅうう♪　チンポに腸壁削られてるぅう♪　ゴリゴリぎもぢいぃぃいいい♪」

狭いアナルを肉棒で摩擦するたびに、強烈な快楽が駆け抜ける。それをさらに味わうためにピストンを加速させていった。

「んぎひぃいいい♪　しゅごいぃいいい♪　しゅごしゅぎですぅ、ご主人様ぁ♪　ご主人様のオチンポすごすぎてぇ、もうオチンポ最優先でしか生きられないぃい♪　ご主人様は偉大すぎますぅう♪　その歳でメスを完全屈服させられるご主人様は天才ですぅう♪」

「ははは！　僕から言わせれば、その歳で変態メスマゾ肉便器奴隷になって二穴で感じるババアのほうがビックリだけどねぇ！　最初に会ったときは、ここまでドマゾとは思わなかったなぁ！」

「んはぁあああ♪　ぜんぶ、ぜんぶご主人様のおかげですぅう♪　ご主人様がオチンポで犯してくださったからぁ、マゾとして才能を開花させられたんですぅう♪　あぁあ、ケツ穴まで教えてくださってぇ、本当に感謝しておりますぅう♪」

その思いを伝えるように直腸全体を締めつけてくる。あまりの気持ちよさにイキそうになった僕は、素早く肉棒を引き抜いた。

「うっくはぁっ！　ほらぁ、もう一回マンコだぁ！」

しきり直したところで、愛液のよだれを垂らしている膣口へ再びぶちこむ。快楽によって、膣内はねっとりとした愛液で満たされていた。

「んひぃいいい♪　あぁああ、またマンコにぃ、ぶっといオチンポぉおお♪　んほおぉおおっ、プリップリに膨らんだ亀頭が子宮に食いこむぅう♪　ひぎぃぃぃ♪　どっちの穴も気持ちぃいいい♪　快楽がすごすぎてぇ腰がとまらないぃいい♪　もう巧海に見られてもぉ、こんなの絶対にとまらないわぁああ♪」

「ふはは、勝手に想像して感じまくってるねぇっ！　くふぅ、それじゃあ巧海の奴を呼んでその前で種づけしてやるぅ――？　ほらほらぁ！」

亀頭でグリグリ子宮口を圧迫すると膣内が狂おしく収縮する。そして、洪水のような勢いでドバドバと愛液が溢れでてきた。

「んほぉおぉお♪　そ、それはぁああ♪　で、できないわぁっ、でもぉ、できないはずなのにぃ♪　ご主人様の命令ならぁ、それでもできちゃいますぅう♪　んほおぉお♪　わたしはもう母親よりもメスであることを優先してますからぁああ♪」

「ふははっ、ド変態を母親に持つ巧海も大変だねぇっ！　なら、マンコじゃなくてこっちに出すのはいいのかなぁ⁉　そらぁあ！」

再び膣内から肉棒を抜き出し、アナルへ挿入した。ケツ穴を塞がれて、久美子は再び歓喜の絶叫をあげる。

「んぎっひぃいいいいいいい♪　んはぁああ♪　両穴そんな連続でぇええええ♪　どうぞぉご主人様のお望みどおりにぃい♪　わたしはご主人様専用肉便器ですからぁっ、いつでもどこでも好きな場所にご射精くださいぃいいいいい♪　メスマゾ奴隷肉便器ごときに選ぶ権利なんてないですからぁああ♪」

「そうそう！　わかってきたじゃないかぁ！　いつでもどこでも肉便器奴隷である自分の立場を弁《わきま》えろよぉ！　ほらほらほらぁ！」

腰をローリングさせてケツ穴を拡げてやると、久美子は狂喜しながら収縮を繰り返す。

「んごほおぉおぉおぉお～♪　ケツ穴拡がるぅうぅうぅ♪　ご主人様サイズに拡げられてるぅうう♪　んほおぉ、んおぉおおぉお♪　もう入ってなくてもマンコも気持ちいいぃいいい♪　んはぁあ、便器穴ぁ、両方気持ちいいのぉおお♪」

「ほらほらただ気持ちよがってるだけじゃだめだろぉ！　精液出してほしいんなら、それなりの腰使いとチンポしごきをしなきゃねぇっ！　謝罪っていってるわりには足りないよぉっ！　ほらぁ、おしおきだぁっ！」

再び激しいスパンキングを両手で開始すると、たちまち尻肉がどんどん赤く腫れあがっていった。それでも、久美子の快楽痙攣はとまらない。

「んひぃいい♪　んぉほぉおおお♪　あぁあ、ち、違いますぅ、ご主人様に楽しんでいただくだけで感じてしまうんですぅう♪　んぎひぃい♪　そんなに連打されるとぉ、お尻ぃ、熱くて燃えちゃうぅぅうう♪　ピストンとスパンキングで絶頂とまらなくなるうぅう♪」

「ふははっ、アナルがイキたがってるのわかるよぉ――！　でも、やっぱり最後はマンコかなぁ！」

　再び肉棒を抜いて素早く膣内にぶちこむと、赤くなった尻肉を両手でガッチリつかんで激しいラストスパートピストンを開始する。

「んほぉおおおおお♪　もう頭おかしくなるぅううう♪　もうどっちに入ってるかわからなくなっちゃいそうなぐらいぃ、両穴絶頂とまらないのぉおおお♪　おぉおおおおお♪」

「くはは、まだ耄碌《もうろく》するの早いよぉ!?　ほらほらぁ、マンコがギュウギュウ締めつけて出してほしそうだねぇっ！　中出ししてほしい？　僕に孕ませてほしいっ!?」

「んはぁあああああ♪　もちろんですぅ♪　出してぇえっ！　孕みたいですぅ♪　ご主人様のぉ、子どもっ、孕みたいわぁあっ♪　んふほぉ、今度はしっかり子育てするからぁっ、ご主人様のような立派な方に育てますからぁ、子作りしてぇえええええええ♪」

　カリ首に食いこむ淫肉の感触から、久美子が本気で僕の精子で受精したがっていることが伝わってきた。

「くはぁああ！　それなら、巧海に呼びかけるんだっ！　そらっ、出してほしいんだよねえっ！　ほら、どこになにを出してほしいのかっ、ちゃんと言うんだよぉ！」

　――バチイィイン！　パァアン！

ケツを叩きながら促すと、久美子はほとんど白目を剥くほどのアクメ顔をさらしながら絶叫する。

「んほぉおおぉおお♪　マンコぉおお♪　マンコにぃい♪　ご主人様の優秀なオチンポ汁ほしいのぉお♪　巧海ぃい、もうママぁ、あなたのことなんてどうでもいいのぉ！　ご主人様から子宮に精液もらうことだけしか考えられないのぉおお♪　んほおおおおお♪」

涙と涎と鼻水を垂らしながら、これ以上ないぐらい幸福そうな顔で絶叫する久美子。

その吹っ切れた姿は、いっそすがすがしいほどだった。

「よぉおおし！　それじゃあ出してやるぞぉ！　そらそらそらぁあ！　巧海ぃ！　おまえの大事なママを肉便器代わりにして孕ませてあげるよぉ！　くぉおおおお！」

「んぎひぃいいいいいい！　きてぇ、見にきてぇえ！　あなたの弟か妹ぉいまから作るからぁああっ♪　あなたにも新しいパパができるわぁあああ♪　だから、きてぇっ、ここにぃ、精液出されるところぉ、見てぇえええええっ♪　ママがご主人様のオチンポに媚びて完全に堕ちちゃうところぉ、見てぇえええええええええーーーーーー♪」

「うぐっはあああああああああっ！」

興奮で頭が真っ白になりながらも、肉棒を膣最奥部まで叩きこんで精液を迸らせた。

「あひぃいいいーーーーーーーーーー♪　出てるぅ、入ってくるぅううう♪　こ、これぇっ、これなのぉおお♪　ご主人様の大量濃厚精液ぃいいいいい♪　こんなにすごい中出し味わわされたらぁあああ♪　完全服従しちゃううぅううう♪　人生オチンポ最優先になっちゃうぅううう♪　あっはぁああああああああああーーーあーーーーーーー♪」

——プシャァアアアアアア！

射精を受け入れて絶頂した瞬間、ものすごい勢いで潮を噴き出した。

「あーあー、ほんと、中出ししたのに、また潮噴いて！　まぁ、潮がチンポにあたるの気持ちいいから許してやるかぁ。ほら、バカ息子に言ってみなよ、いまどうなってるか？」

「んはぁあああ♪　わかりましたぁああ♪　いまぁ、ママは中出しでイッて潮噴いちゃってるのぉ♪　んひぃ、ひいいっ♪　あなたがいじめてた相手にぃイカされてるのぉお♪　んほぉぉ、あなたなんかよりご主人様のほうが何百倍も優秀でメスを悦ばせてくれるのぉお♪　もうあなたのおこづかいも、ぜんぶぅ、ご主人様のものだからぁあ♪　もうママのすべてぇ、マンコもお尻の穴もぉ、ご主人様のものなのおぉおおおおお♪　あはぁあああ～♪」

巧海が聞いたら発狂しそうな言葉の数々を口にして、久美子は恍惚の表情を浮かべる。まぁ、ここまで叫んでも反応がないところをみるとゲームに夢中になっているのだろう。

「んふはあああっああ♪　あぁあ、言っちゃったぁ♪　イッてしまったわぁっ♪　もぉ、わたしの人生はご主人様だけよぉっ♪　んっはぁあああああ～～～♪」

久美子はため息をついて、壁に身体を預けて脱力していった。

その表情はやりきったといった感じだった。

「ふっはぁあ、本っ当に最低なマゾババアだねぇ〜。まあでも因果応報ってやつかなぁ。そもそも巧海の奴が僕をいじめなかったらこんなことにならなかったんだしねぇ〜」

「んはあぅう、その件についてはぁ、わたしの教育が間違ってましたぁっ、でもぉ、それによってご主人様と出会えたのでぇ、複雑な気分ですぅう♪」

「まぁねぇ。僕もいじめられなかったら、おばさんと出会えなかったわけだしねぇ。人生ってのは、どこにターニングポイントがあるかわからないものだねぇ〜。まさか、こんな具合のいい肉便器穴に巡りあえるだなんて思わなかったよぉっ！」

射精終了後もギュウギュウ締めつけてきているスケベマンコに向かって、再びピストンを開始した。

「んっほぉおおおお♪　ご、ご主人様ぁああ♪　オチンポすぐにまた硬くなってるなんてぇ、すごすぎますぅう♪」

「ははは、巧海もゲームに夢中になってるんだろうし、僕たちもセックスに夢中になろうよ。あいつにいつバレるかチキンレースだ！」

「んはぁあああ♪　さ、さすがご主人様ですぅうう♪　おぉほぉお♪　破滅と隣りあわせのセックスでぇ、またイキまくりますぅううううう♪」

リビングに再び久美子の獣じみた嬌声が響き渡った――。

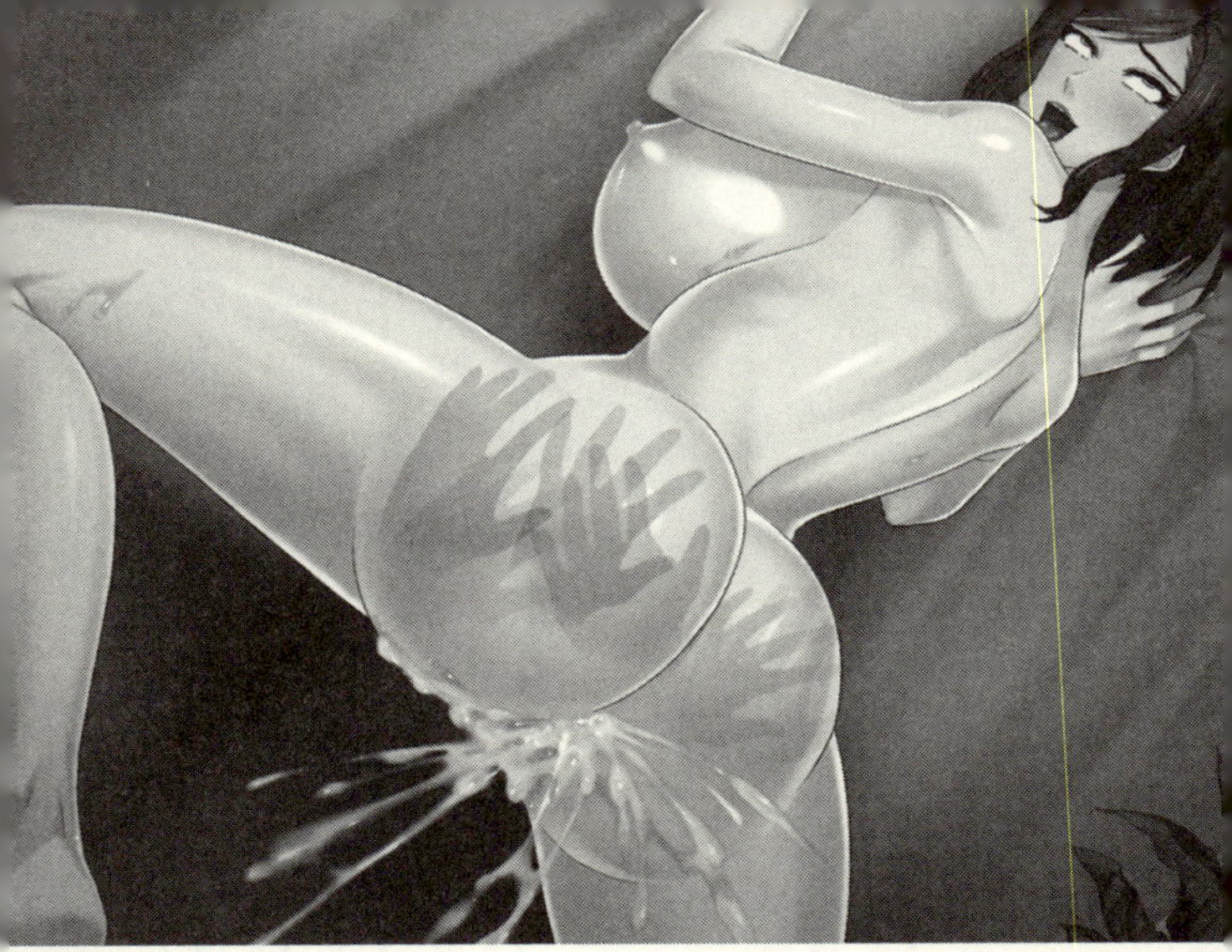

そして——さらにもう二発ほど膣とアナルに発射してから、久美子から身体を離した。

「ふぅう〜。そら、おしまいだよぉ！　ほら、しっかり締めてなよぉ？　部屋が汚れてたら拓海にバレちゃうよぉ！　それじゃ、最後に——せぇの！」

——バッチィイイイン！

トドメとばかりに最大限の力でケツをぶっ叩いた。

「いひぃぃいいいいーーーー♪　出る、出てるぅーーーー♪　おほぉおおぉおーーー♪」

——ブブブ、ブビュウ♪　プシャァアァ♪　プシャプシャァアーーーーー！

イキすぎてユルユルになっている二穴を塞ぐことができず、久美子は両穴から盛大に精液を迸らせた。

「んひぃ、ひぃいぃいいいい♪　中出しされた精液噴きだしてるぅううう♪　んほぉおおお、せっかくのぉ、た、種づけ汁ぅ、出ちゃううぅぅうう♪　んおぉおおお♪　射精してるみたいで気持ちいぃいいいい♪　下品なマゾババアにふさわしい下品な二穴精液絶頂させてくださってぇ、誠にありがとうございますぅ、ご、ご主人様ぁあ♪　あぉおおお♪」

「ははは、もう人間失格どころか生物失格だよねぇ～！　まぁ、こんな姿巧海は見なくて正解かもねぇ～、ほんと、気がおかしくなりかねないし」

「んほぉおおお♪　もうわたしぃ、人間じゃなくて完全に便器ですぅうう♪　んひぃ、精液注いでもらって悦んでぇ、精液噴いて絶頂しちゃうぅう、完全マゾ奴隷ぃい♪　もう人生、元に戻れないのぉおおお～～♪　おっほぉおおおおおおう♪」

吹っ切れた笑みを浮かべる久美子に、僕の頬も自然と緩んだ。

「くくくっ、ほら、絶頂はわかったから、掃除しておけよ？　僕は帰るからさ」

「は、はいぃ♪　事後処理、しっかりしておきますぅう♪　ま、またのお越しをぉ、お待ちしていますぅう♪」

帰りに巧海の部屋を覗いてみたが、あいかわらずヘッドホンをしてゲームに夢中になっていた。

笑みすら浮かべて画面に没入しているアホ面を見て、こいつはなんて哀れな奴だろうと少し同情する僕だった。

第六章 孕ませ交尾、猥褻結婚式

もうご主人様なしの人生なんて考えられない。

わたしは日々、その思いを強くしていた。

もういまのわたしにとっては、昔あれだけかわいがっていた息子もうっとうしく、心血を注いで大きくした会社もわずらわしく感じる。

でも、ご主人様に貢ぐためには会社を潰すわけにはいかない。

わたしは出張先へ向かう飛行機の中で、ムラムラを抑えてどうにか座り続けていた。

どうしても外せない出張だからしかたなかったのだけれど、早くご主人様のところへ行ってメチャクチャに犯していただきたい。

出張から帰ってくる日は、ちょうど危険日にあたる。だから、そのときに思いっきり犯していただくことだけを考えて——わたしはこの十日間を耐えることにした。

●
●
●

久美子にキツく叱られて一週間は僕をいじめることをしなかった巧海だが、やはりいじめっ子気質というのは容易に矯正できないようで再び僕にちょっかいを出してきた。

久美子のマゾ性を矯正するのも不可能だろうし、親子そろってどうしようもない人間のようだ。ある意味で似た者親子なのだろう。

まあ、僕にはクレジットカードもあるから金銭的にはノーダメージだし、たまったストレスは調教で発散すればいい。そもそも巧海は僕の心の中で「哀れな奴」扱いになっているので、海のように広い心ですべてを流すことができた。

そんなふうに最近は穏やかな心で毎日をすごし、放課後や休日に久美子を調教してやるという生活サイクルが確立されていたのだが——どうしても外せない出張とやらで海外へ行ってしまった。無理に引きとめることもできたが、僕としても久美子の会社に傾かれると経済的な基盤を失うので認めてやった。

しかし、毎日のようにセックスしていたので性欲を持てあましてしまう。

「でもまぁ……僕よりも、久美子のほうがたまらないだろうねぇ～」

あれだけチンポの味を覚え、息子と同じ歳の僕をご主人様と呼んで完全服従したのだ。出張先や飛行機の中で発情して、公然露出オナニーでも始めないか心配なぐらいだった。

せっかくなので、僕はこの機会にオナ禁をしてみた。

今度会うときに、いつもよりさらに濃厚な精液を出せば、完全に孕ませることができるだろう。そのときこそ、調教は完了する。

そして、十日ほど経って、ようやく久美子が帰ってくる日になった。

学校から帰って自宅でくつろいでいると——呼び鈴もならさずにドアが開かれ、飢えきった獣のような勢いで足音の主は僕の部屋に入ってきた。

「はぁはぁはぁ……♪　ご、ご主人様ぁっ♪　お待たせしましたぁっ！　あぁ、今日っ、やっと今日が……きましたぁああ♪」

発情した獣のように荒い息を吐きながら、久美子は僕に帰還の挨拶をする。

もうメスのフェロモンがプンプンにおってきている。間違いなく股間はビチョ濡れ状態だろう。

「んはあぁ♪　あふぅう♪　あぁあ、ご主人様っ、もうずっと出張中、ご主人様のことを考えていましたぁああ♪　もうこんなにつらいのならぁ、もう二度と海外出張なんてしません！　あぁ、お願いしますぅ、早く中出しをぉっ♪　狂ってしまう前に肉便器マンコに精液をぶちこんでください、ご主人様ぁああ♪」

久美子は土下座せんばかりの勢いでこちらに詰め寄り、鼻息荒く懇願してきた。

ここまで必死だと笑えてくる。

「くははっ、いいのぉ？　今日って確か、排卵日だったよねぇ？　肉便器を使えなかったからずっとオナ禁状態だったし、特濃ザーメンで確実に妊娠しちゃうよぉ～？」

僕が試すように言うと、久美子は表情を輝かせて頬を赤くする。

「んはぁ、んはぁあああ♪　お、オナ禁っ！　ご主人様の金玉にぃっ、十日分の精液ぃ、詰まってるなんてぇええ♪　あぁ、これならぁ、孕めるぅっ♪　絶対にご主人様の子種で孕めるわぁあ♪　んはぁっ！　ぜ、ぜひお願いします！　中出しぃ、中出しセックスでぇ孕ませてくださいいいぃ！　ご主人様の子作り汁でぇえええっ♪」

そこで、僕は思い出した。

「ああ、そうだ。出張中につけておけって命令した下着、ちゃんといまもつけてる？」

「んふぅーっ♪　んふぅうっ♪　もちろんっ♪　このとおりですぅう♪」

ガバッと勢いよく服を脱ぐと、卑猥な穴開きショーツが露わになる。

もちろん、膣口はグチョ濡れだ。

「出張中もずっとつけてましたぁあ♪　もう現地の人間にもいつバレるかヒヤヒヤして……でもぉ、香水をつけたりしてなんとか誤魔化してましたぁっ！」

「ははは、こんなマンコ丸出し下着つけてるのがバレたら、日本の恥だからねぇ。まぁ、言いつけを守ってたのは評価するよ。さすが淫乱変態露出狂肉便器マゾババアだ。でも、ほんとすごい濡れ方してるねぇ～。プンプンにおってきてるよ。こんな飢えまくったマゾババアの発情肉便器マンコに突っこんだら、僕の若いチンポが腐っちゃいそうだよ」

そう言いながらも、僕もギンギンに勃起した肉棒を取りだした。それを見て、久美子は表情を輝かせ、舌なめずりする。

「んふぅうぅっ♪　んはぁぁ♪　ご主人様のオチンポ臭もすごいですぅう♪　んふぅう、ずっと嗅げなかったオチンポのにおいぃ♪　ふはぁあ～♪　すごいわぁ♪　んんんぅ♪」

においを嗅いだだけで軽くイッたのか、腰砕けになりその場にへたりこんだ。

「おっ！　ちょうどいい位置に口マンコが！　マゾババアのマンコ汁なんていう劇薬にいきなりチンポを晒すよりも、まずは口マンコのほうで慣らしておくかぁ～」

久美子の頭をグッとつかむと、そのまま引き寄せて肉棒を口内にぶちこんでやった。

「んぶぐりゅぅうっ!?　じゅぶうずぅ、んぶごぉっ♪　んっはぁああぁ♪　久しぶりのぉオチンポ汁ぅうう～♪　おいしいっ、おいしいわぁあ♪　ふはぁ、じゅるぅう♪　じゅずじゅずぅじゅるぅうっ♪」

驚いた顔は一瞬でとろけたメスの表情に変化する。そして、こちらが命じるまでもなく口を窄《すぼ》めて吸いあげ、下品な音を立てて口マンコフェラ奉仕を開始する。

「くはぁ！　久しぶりの口マンコ気持ちいいねぇっ！　くぅう、やっぱり間をおくと新鮮だぁ！　オナ禁のおかげで以前よりも気持ちよく感じるよぉ！」

口内の粘膜が竿や亀頭に触れるだけで、いつもより鋭敏に感じてしまう。最初からドバドバとカウパー液が溢れると、それを久美子はうれしそうに唾液とミックスして口内に溜めこんでいった。

「んぢゅっぽぉおんっぷ　んぐぢゅう♪　ぢゅるるぅ♪　もっと、もっとぉ、奥までぇ、喉奥まで味わわせてくださいぃぃい♪　ふっぐうぅ♪　わたしぃオチンポのための口便器ですからぁ♪　んぶごぉ、んぐぢゅるぅ♪」

粘液まみれの口腔でしごかれると、すさまじい快楽が全身を駆け抜けていく。

さらに太さと硬さを増していく肉棒を、久美子はますますおいしそうに頬張った。

「ぶぐうーっ、ぶぐぅううう♪　ご主人様の極太フランクフルトぉ、とってもジューシーでおいしいですぅう♪　んはぁああ♪　喉の奥にまでぇはまっへぇっ♪　ぶぐじゅるぅう、息をするだけでぇ、肺がオチンポ臭でいっぱいになりますう♪　ふご、ふごぉお♪」

味覚も嗅覚も肉棒で満たしていき、久美子はますますしあわせそうな表情になる。

一方、下の口からは白く濁った愛液がドロリと糸を引きながら落ちていった。

「ぶぐぅう♪　じゅるぅ♪　オチンポ味わってるだけでぇ、マンコ洪水状態ですぅ♪　じゅるじゅるぅ、もっと味わわせてぇ♪　じゅるぅ、ごくん、ごくっ♪　ふぐぅう♪　オチンポ汁で若返っていくわぁ♪　若いチンポエキスでアンチエイジングしちゃううぅ♪」

貪欲にチンポ汁を飲んでいき、食道や胃袋ですら性感帯になったかのように身体を痙攣させる。十日間お預けをくらったことで、さらにマゾとして進化しているようだ。

「くぅう、まったく飢えすぎだよねぇ～。でもまぁ、僕もオナ禁して溜まってるからさぁ、溜まったストレスのぶん、乱暴に使ってもいいよねぇ？」

「ふはいぃ♪　どうぞお使いくださいぃ、ご主人様ぁあ♪　口マンコ便器ぃ、壊れるぐらい乱暴に使ってぇえええ♪」

「ははは、それじゃあ使うよぉ！　ほらほらほらぁあ！」

僕は久美子の頭を両手でガッチリと固定すると、顔面に叩きつけるような勢いでピストンを開始した。

「ぶごぉおおおっ♪　んぶぶぅううううう♪　んぶぐぅう♪　んぐじゅるぅ♪　ぶごぉ、じゅぞじゅぞ、ぢゅぶるぅううう♪　じゅぽ、じゅぽぉお♪」

そんな激しい口マンコ調教も、久美子は喜悦の表情を浮かべて受け入れていく。

だから、僕はますます激しく腰を使うことができた。

「んぼっごぅうおおう♪　んぶじゅる♪　じゅぞじゅずぅじゅるぅ♪　ぶごぉ、オチンポ、オチンポにぃ、口マンコ犯されてるぅうう♪　んぐぶぅうう♪　んぶぼほぉおおおぉ♪」

チンポをピストンするたびに久美子は、ひょっとこのように唇を伸ばして必死にしゃぶりついていく。その恥知らずな顔に興奮して、ますますピストンスピードがあがっていく。

「あはは！　本気で必死すぎるよねぇ！　そんなに若いチンポに食らいついて！」

「んぶぐひぃ♪　ふぐひぃいい♪　はいぃ、必死ですぅうう♪　もうご主人様の若いオチンポなしではぁ、わたしは生きていけないんれふぅうう♪　出張してお預けをくらったことでぇ、よくわかりましたぁあ♪　わたしぃ、毎日ご主人様の肉便器にならないとぉ、もうだめなんですぅううう♪　じゅるじゅるじゅぼぉおっ♪」

久美子の言葉にゾクゾクしたものが走る。

メスを調教し尽くして自分の奴隷にすることは、本当に最高の気分だ。

「くはぁあ！　それじゃあ、これから毎日使ってやらないといけないかなぁ！」

「んふぁああ♪　使ってぇ、使ってくださいぃいい♪　もう放課後や休日だけじゃなくてぇ、朝昼晩ずっと使ってほしいのぉおおお♪　お口もアナルもマンコにもぉ、ずっと精液ほしいですぅううう♪　んぶごぉ♪　ぶごじゅるるるぅ♪　じゅぱじゅっぱじゅぱぁ♪」

本気度を示すように、さらにフェラチオ奉仕がヒートアップしていく。僕としても、ここまで従順で気持ちのいい肉便器なら朝昼晩と使ってやりたいぐらいだ。

「ははは、まぁ、それには乗り越えるハードルはあるけどねぇ。まぁ、ともかくいまは口でイクからさぁ！　ほらほらぁ、もっとしゃぶりついて舌も使えぇ！」

「んはいぃいい♪　もっとしゃぶりますぅう♪　んじゅれろれろぉお♪　んぐぢゅ♪　んぶご、じゅぶぼごぉ♪　あぁあ、口マンコでイクぅうう♪　オチンポに激しく犯されてぇ、イラマチオ絶頂しぢゃうぅううう♪　んぶぎぃい♪　ぷひぃいいいいい♪」

「あははは！　マゾババア必死すぎてブタ声になってるよぉ！　いやぁ、もともとマゾブタだったかぁ！　ほらぁ、精液がほしければぁ、もっとブタ鼻になってブヒブヒ鳴いてみせろぉ！　マゾブタぁ！」

「ぶごぉおぉおお♪ かしこまりましたぁ、ご主人様ぁ♪ ぶひぃいいいい♪」

久美子は自らの鼻を指でグイッと持ちあげて鼻の穴を見せつけると、聞くに堪えないブタ声で鳴き始めた。

「ブヒィいいいっ♪ ぶひぶひぶひぃいいいいいい♪ ぶぶぅうう♪ どうかぁ、ザー汁ぅ、マゾブタのエサをぉ♪ どうかお恵みください、ご主人様ぁ! ぶひぃいいいいいい♪」

こちらに向かってブヒブヒ鼻を鳴らして必死にエサをねだりながら、口マンコピストンをよりハードなものにしてきた。もはや逆にこちらが犯されているようにも感じる。

「んぶごぉお♪ ぶひぃ、ぶじゅるるぅ♪ ぶぐふぅ♪ どうかマゾブタにエサをくださいいぃい♪ 新鮮ザーメン、たっぷり口マンコに注いでぇえええ♪」

「くははっ! 本当にメスマゾはザーメンのためならなんでもやるんだねぇ! そんなにほしいんなら、もっと乱暴に突いてあげるよぉっ!」

ブヒブヒと鼻息荒く口マンコピストンをしてくる久美子に逆襲するように、こちらの肉棒ピストンの威力をあげていく。やられっぱなしでは主人は務まらない。

「んぶぎひぃいっ♪ ぶごお♪ ぶほぉ♪ ぶじゅるぅう♪ ぶひっ、ぶひぃい♪ ぶっひぃいいい♪ ぶびぃいいい♪ ぶっひぃいいいいいーーん♪」

悲鳴とも嬌声ともつかぬブタ語でわめきながら、それでもこちらの肉棒から逃げることなく口腔ピストンをしてくる。さすがに僕の調教したマゾ奴隷肉便器だけある。

「くっはぁ！　なかなか根性あるねぇ！　僕の本気ピストンに真っ向から立ち向かってくるなんて！　くぅう、チンポ汁のためなら、そこまでするのか、このマゾメスブタぁ！」

「ぶひぃいいいいいいい♪　ぶひぃいいいいいい♪」

同意するようにコクコクとうなずきながら、さらに口腔ピストンのギアをあげて加速していく。もう肉棒は摩擦で発火するかと思うぐらいに熱かった。

「くっおぉおおお！　あぁああ！　そろそろイクよぉお！　そらそらそらぁあ！　ラストスパートだぁああああ！　口マンコにぃ、メスブタのエサを出してやるよぉおっ！」

「ぶひぃいっ♪　ぶひぃいいい♪　んぶぅうう♪　マゾブタのエサくださいぃ、ご主人様のドロドロザーメン飲ませてくださぃい♪　ぶひぃいい♪　ぶひぶひぶひぃいぃいい♪」

「くはぁあ！　出すぞおおおおお！　くおおおああああああああっ！」

喉奥深く肉棒をぶちこみながら、満タンまで溜まっていた精液を一気に解放した。

ものすごい快楽が爆発しながらも、さらに蹂躙すべく腰を突き出して射精を繰り返す。

「んぶごおぉおおおお♪　ぶごほぉっ♪　ぶゅるぐふぅううっ♪　ぶぐほぉおお♪　お、溺れるぅううう♪　精液ぃ、大量すぎてぇ、口マンコぉ溢れちゃうぅうう♪　んぶひぃいいい♪　イッぐぅううう♪　口マンコぉイグぅううう♪　ぶっぐぅうううー！ー！ーっ♪」

口内射精絶頂を迎えた久美子は壊れたようにガクガクと全身をのたうち回らせ、肉竿をギュウギュウ締めつけてくる。射精後もしっかりと肉便器機能を遺憾なく発揮していた。

「うくぁあっ、本当にマンコみたいな締めつけだねぇ！　くっはぁあ！」

「ぶぐぼぉおおっ♪　おぶごぉぉ♪　おぶじゅるぅ♪　じゅぶぐぐぅう♪　しゅごいぃ、濃厚なのに大量でぇえ、ごぶぅ♪　すっごいおいしいですぅうう♪　んふぁぁあ♪　舌も口腔粘膜も悦んでますぅうう♪　んはぁああ♪　鼻に抜ける生ぐさいザー汁ぅう♪　味覚も嗅覚も大満足でぇ、イッグぅううーーー♪　ぶっひぃいいいいーーーーーーー♪」

　久美子は、ほっぺたをザーメンで膨らませながらさらなる絶頂を繰り返していった。

　それでも容赦なく射精を繰り返し、完全に出しきってから肉棒を引き抜く。

「んぷぁあ♪　んぐぽぉ♪　んぶぐぅっ、んふぐぅ、んぶふぅぅう〜♪」

「はは、もうなんかほとんど酸欠状態って感じ

だねぇ～。ほら、よく味わってよぉ？」

「んぶひぃい、んぶぅうう♪」

久美子はうなずくと、口の中で舌をグルグル動かして精液を堪能していく。

唇をギュッと締めていても、漏れそうなぐらい大量だった。

「よーし、それじゃ、飲んでいいよぉ？　せっかくのオナ禁濃厚ザーメンだから、少しずつ味わって、ありがたく飲みなよぉ～？」

「んぐふぅう♪　……んっんんっ……♪　……ごぐっ、ごくんっ♪　んぐぅう、じゅるぅ、ぢゅずる……ごくごくっぅ♪　んぐふぅ、ぶひぃっ、ごぐんっ♪　んんっ、んくふぅ♪」

僕の命令どおり、久美子はよく味わいながら精液を飲みほしていった。

まるで高級な酒でも飲んだかのように、うっとりしている。

「どう？　僕のオナ禁特濃ザーメン。おいしかった？」

「んっふぅうう～～～♪　はひぃぃ♪　すっごく濃厚でぇ、生ぐさくてぇ、おいしかったですぅうう♪　世界にふたつとない珍味でぇ、もうこれ以上おいしいものなんてこの世には存在しませぇん♪　マゾブタにとってザーメンがなによりのぉごほうびですぅう♪　ふはぁ♪　んむはぁあぁああ～♪」

そう答える間も舌をグルグルと動かして、口内に残った精液を唾液とともに飲みこんでいった。そして、胃に流しこむたびにビクンビクンと絶頂を繰り返す。

「ははは、そんなにうまかったんだねぇ。なら、ほら、お掃除しろよ、僕のチンポにこびりついてる精液、一滴残らずしゃぶりとれよ」

「んぶぅ、はぁい♪　もちろん、お掃除させていただきますぅう♪　んじゅるぅ♪　じゅっるうう、れろぉ、れろぉ♪　んぶはぁぁあ〜♪　あぁあ♪　おいしいですぅ♪　オチンポの味がぁ頭の奥ぅ、脳みそまでっ、とろけさせてますぅう♪　んはぁああぁ♪　もう脳も内臓もマンコになっちゃっていますぅう♪　んぐっはぁあぁああ〜♪　んくぅん♪」

メスブタのくせに子犬のような甘えた鳴き声を出し、さらなるごほうびを求めてケツを左右に振ってアピールをしてくる。だが、ここですぐに求めているものを与えるようでは主人失格だ。

「ふぅ〜、いっぱい出たしこれ一発でスッキリしたかもなぁ〜？　今日はもうおしまいにしようかぁ〜？」

心にもないことを口にして反応を見ると、久美子は面白いぐらいに血相を変えておねだりしてくる。

「んっはあぁ！　ご、ご主人様ぁっ、お、お願いしますぅ♪　下のお口にもエサをくださいいい♪　今日は排卵日ですからぁ、この濃くて喉の奥に絡みついてくる、むせ返りそうな濃厚なオチンポ汁ぅ、危険日中出しぃ、お願いしますぅうう♪　んれろぉ、れろぉ♪」

僕をその気にさせるべく、肉竿にねっとりと舌を這わせて愛撫してくる。

イッたばかりで少しくすぐったいが、こちらのツボを押さえた舌技はさすがだ。

「うくっ、ふふっ……そうかぁ～、せっかくの危険日なんじゃあ、出さないわけいかないよねぇ～？　でも、ただ孕ませるだけじゃあ終わらないよぉ！　本当に僕だけのメスになるための、プレゼントをあげるよぉ！」

一度久美子から離れて片隅に用意していた紙袋から、とあるものを取りだした。

「ご、ご主人様っ、そ、それは――！」

「ふふふ、僕自ら見つくろった縄だよ。さんざん奴隷だマゾだっていっても、言葉だけじゃ説得力がないからねぇ。肉便器マゾ奴隷は、ちゃんと縛ってやらないと」

「んっはぁあああ♪　お心づかいありがとうございますぅう♪　ご主人様が自ら選んでくださった縄で縛られるなんてぇ、肉便器マゾ奴隷、感激の極みですぅうう♪」

「よし、じゃあ、縛ってやるからまんぐり返しになりなよ」

「はいぃい♪　よろしくお願いいたしますぅうう♪」

僕はこの十日間で緊縛についてネットでいろいろと調べた。

それに練習もしていたので、手際よく久美子に縄化粧をすることができた。

「あふぅううう♪　すごいぃ、ご主人様ぁ、さすがですぅう♪　んはぁあ♪　ご主人様に束縛されるのぉ、うれしいぃ♪　もうわたしぃ、本当にご主人様のものです♪　んふぅ、んふんふんっふぅうう♪」

縄で緊縛されたことで卑猥な下着がさらにエロく強調された。

縄の味を知った久美子は、さらに膣口をグチョ濡れにしていた。

「ははは、もうマン汁が発酵してるんじゃないの？　すっごいエロいにおいが漂ってくるよぉ？　これなら実の息子でも勃起するんじゃないの？」

「あふうぅ、わたしはぁ、ご主人様ぁひと筋ですぅうっ♪　もうあんなバカ息子ぉ、どうでもいいからぁ、早くご主人様の優秀な子種でオナホ娘産ませてぇええ――♪」

ギシギシと縄を軋ませながら、トロトロの愛液をとめどなく溢れさせる。

もう部屋の中が淫臭でむせ返りそうなほどだ。

「ふはぁ～、もう本当にこれ以上ないってぐらいに発情してるねぇ～？　やっぱりメスは危険日になるとエロさが増すのかなぁ～？」

「はいぃい、お預け十日間と危険日があわさってぇ、いつもよりもさらに発情しちゃってるんですぅう♪　んはぁああ♪　ご主人様ぁああ♪　は、早くぅ、お願いしますぅ♪　ご主人様の所有物にしてください♪　沸騰《ふっとう》しそうなくらい熱くなってる淫乱変態発情肉便器マゾババアマンコにぶちこんでぇえええ♪」

もはや触れるまでもなく、軽く愛液が噴き出していた。

「くふふ、すごいねぇ、ほんと。もう名状しがたいマゾババアだ。それじゃあ、ここで次のプレゼントをあげるよ」

紙袋から今度は首輪を取り出し、鼻息荒く興奮している久美子の首につけた。

「んくふはぁあああっ♪　く、首輪までぇええ♪　あぁあ、素敵ですぅ、ご主人様ぁ♪　わたしのようなマゾババアのために、ここまでしてくださるなんてぇ♪　マゾババア感激の極みですぅうう♪」

「くくくっ、やっぱりマゾババア、いや、奴隷家畜にはちょうどいい首飾りだよねぇ！　よく似あってるよぉ！」

革製のそれは、一見すればチョーカーにも見えなくはないが、僕にしか取り外せない特注品だ。クレジットカードのおかげで、調教道具も自由に揃えられるのだ。

「んはあぁぅ♪　似あっていると言っていただけるなんてぇ、もううれしすぎてぇ、イッちゃいますぅ♪　ご主人様ぁ♪　はぁあ♪　ご主人様にふさわしい家畜になれてぇ、マゾババア最高にしあわせですぅううっ♪　んはぁあ♪　あはぁあぁあ♪」

「ははは っ、家畜になれてしあわせかぁ。社員やバカ息子が知ったら、どんな顔するかなぁ～？　でも、まだ終わりじゃないよぉ？　くくっ、今度は身体に残るものをプレゼントしてあげるよぉ！」

「――っ!?　あふぅっ！　そ、それはっ、まさか、ご主人様ぁあ♪」

驚きとともに期待で甘い声をあげる久美子。

僕が取りだしたものは――ピアスと穴を開けるためのピアッサーだった。

そして――十数分後。

「……っとぉ、これで、終了だよぉ！　ふはっ、ピアスなんて初めて開けてみたけど、んーなかなかいいできだよねぇ～？」

僕はできあがったそれを見て自賛しながら、軽くピアスを指で弾いた。

取りつけた場所は――乳首だ。

「んひうふぅっ♪　ひぃいいい♪　ご、ご主人様ぁっ♪　素敵ぃ、すごい素敵ですぅ♪　んはぁあああ♪　こんなところにピアスをつけていただけるなんてぇ♪」

乳首に取りつけられたばかりのピアスを指で弾かれるたびに久美子は身体をよじって、悶える。

「おぉほおぉおうぅ♪　乳首の内側からぁっ、弾かれるたびに電流のような快楽きちゃうぅう♪　ひぃい、すごいぃ、響くぅう♪　んひぅうっ♪　ひぃい、いいっ♪」

肉体に穴を空けられたのだからかなり痛いはずだが、真性マゾである久美子はそれすらも快楽に変換させていた。

「くはは、痛みもごほうびになっちゃうんだから、お得な身体だよねぇ？　というかさぁ、首輪よりもこっちのほうが悦んでるんじゃないのぉ？　こんな姿、ほかの人には絶対見せられないよねぇ？　社員旅行とかあったら露天風呂にも入れないねぇ～？」

「んふぅうぅ♪　あはぁあ、わたしぃ、どうしようもないドマゾですからぁ、ご主人様からされることはなんでも感じちゃうんですぅ♪　んはぁ、ふぁぁ♪　社員旅行なんてぇ、もう廃止しちゃいますぅ♪　ご主人様と一日でも離れるのつらいからぁ、もう旅行なんてぇ、いきませぇん♪」

「ははは、そんなに僕と離れたくないかぁ～！　まぁ、いまどき社員旅行なんて社員もいやがるだろうから廃止してもいいと思うけどねぇ。くく、これじゃあスーパー銭湯とかも入れないねぇ。愛液垂れ流しのマゾの入浴はお断りされちゃうよねぇ～？」

ピアスを次々に弾きながら言うと、久美子は乳房ごと身体を揺らせて感じる。

「んくふぅう♪　はいぃ♪　公序良俗《こうじょりょうぞく》に反するのでぇ、お断りされちゃいますぅ♪　存在自体が猥褻物なのでぇ、世間から排除されちゃいますぅう♪　でもぉ、そんなのどうでもいいのぉ♪　ご主人様に所有していただけたらぁ、もうどうでもいいですぅ♪　ですから、ご主人様ぁっ♪　早くぅ、早く偉大なオチンポで犯してくださいぃいい♪　危険日卵子に精液ぶっかけてくださいぃいい♪」

「ははは、焦りすぎだって。実はまだプレゼントは残ってるんだよぉ？　僕のものになるんなら、ピアスだけじゃ足らないからねぇ～」

そして最後に取りだしたのは――剃刀《かみそり》だ。

「ご、ご主人様ぁ、そ、それはぁ……!?」

「さすがに驚いた顔してるねぇ。まぁ、じっとしていてよ。すぐに終わるからさ」

僕はシェービングクリームを塗った陰毛を、ある形になるように剃っていった。

「……よし、完成だぁ！　ほらぁ、見てみなよぉ！　ハートマークの完成だぁ」

「あ、あぁあぁあああああ♪　すごい、すごすぎますぅう、さすがご主人様ぁ♪　天才的な発想ですぅうう♪」

「くく、今度からボーボーになっても、自分でこの形にするんだよぉ？」

「はいぃっ♪　おっしゃるとおりにいたしますぅ♪　んはあぁ♪　こんな歳してハートマーク陰毛なんて恥知らずすぎてぇ、イッちゃいますぅうう♪　んはぁあ、はぁあぁ♪」

そして、実際に膣口から愛液を軽く噴き出して有言実行する久美子。取り返しのつかないことをすればするほどドマゾは悦ぶのだから面白い。

「くく、まぁ、僕のオナホ奴隷になるんなら、これぐらいやってもらわないとねぇ」

「んはぃぃ♪　これからもぉ、ご主人様専用のオナホ奴隷としてぇっ、その名に恥じないマゾっぷりを発揮させていただきますぅう♪　んはぁあぁ♪　もうわたしの子宮キュンキュンしちゃってますぅ♪　危険日卵子捧げさせてくださいぃい♪　出張で飢えに飢えまくったっ、発情ゲージマックスの受精したがり卵子ぃ♪　ご主人様の搾りたて濃厚精液でぇ、種つけお願いしますううっ♪」

ギシギシ激しく縄を軋ませ、潮をリズミカルに噴きながらおねだりを繰り返す。

そこまで必死にアピールされると、あれだけ出したというのに肉棒が一気に硬くなってしまう。

「くくく！　それじゃあ、入れてやってもいいかなぁ！　そらぁあ！」

久美子の両脚を両手でさらに広げながら、僕は猛り狂った肉棒をぶちこんだ。

「ぷっぎぃいいいいいいいーーーーーーっ♪　んひぃいぃいいいっ♪　おぉおおほぉおおおおーーーー♪　ありがとうございます、マゾババアの発情マンコにぶちこんでいただきぃ、誠にぃ、ありがとうございますぅうぅうう♪　おぉおおっほぉおおおーーーー♪」

膣内はものすごい熱さで、肉棒が溶けてしまうかと思うほどだ。

そこへ挿入絶頂によってものすごい勢いで潮が噴き出してきて、押し戻されそうになる。

だが、それをしつけるようにさらに強い勢いで根元まで叩きこんだ。

「んぐっほぉおおおおおおおおおお♪　ふぎひぃいいいい♪　たくましてく力強いぃご主人様オチンポぉおおおおお♪　あぁあああ♪　溢れてくるぅ♪　んおぉ、おおぉおごご♪　子宮の奥からぁ、本気汁ドバドバ出てくるぅうう♪　んぎっひぃいいい、ひぃ――♪」

「おいおい、なんで僕よりもマゾ便器が悦んでるのかなぁ⁉　ご主人様がまだ満足してないのはわかるよねぇ！　久しぶりだからって気を抜きすぎだよぉっ！」

待ちかねた挿入にはしゃぐバカマゾ便器をしつけるように、体重を乗せたピストンでハートマーク陰毛の下にある肉便器マンコを突きまくる。

「うぎぃひぃっ♪　も、申し訳ぇありませぇん♪　んはぁあ、あぁあぁああ♪　久しぶりに

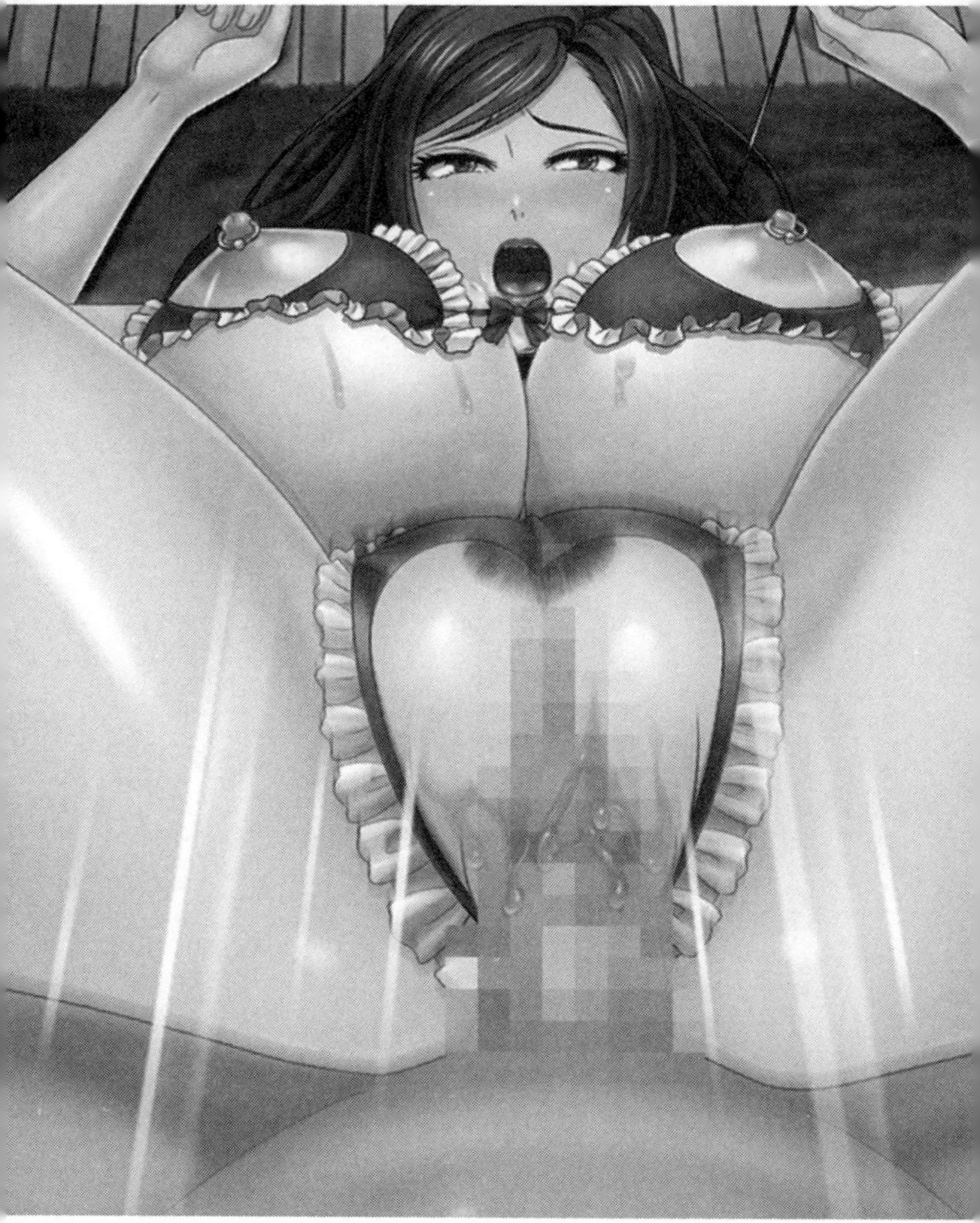

使ってもらえて年甲斐もなくはしゃいでしまいましたぁあ！　んはぁあ、ひぃぃ♪　マゾメスマンコにぃ刺さるぅうう♪　ご主人様のオチンポでぇ、厳しく指導されてるぅ♪　んはぁああ♪　もっと、もっと刻んでくださいぃっ♪　ご主人様のオチンポがないと生きられないドマゾをぉ、しつけてぇええぇ♪」

ギチィ、ギチィ！とロープが悲鳴をあげるほどに、激しく身をよじる。こうして拘束することで、チンポと縄の二重の責めをすることができるのだ。

「ははは っ！　縄もピアスも剃毛もチンポも気持ちいいだろぉお！　僕も十日間暇だったからねぇ、いろいろとSMについて勉強できてよかったよぉ！」

「くほおぉ、おぉおほぉ♪　ありがとうございますぅ、わたしなんかを調教するためにぃ、貴重な時間を割いていただけてぇえ♪　んはぁ♪　ご主人様への感謝の気持ちでいっぱいですぅううう♪　おぎっひぃぃ♪　悦びすぎてぇえ、全身マンコになってイッちゃうぅぅううう♪　んひぃいいいいいい♪」

絶頂の入れ食い状態になった肉便器マンコは、すさまじい収縮と吸いあげを繰り返してくる。絶対に今日の精液で受精するという意思を感じるほどだ。

「くはぁ、まったくババアは我慢が足りないなぁ！　まだ始まったばかりだろうが！　ほらほらほらぁ！　こっちだって十日間もお預けくらったんだ！　ピストン受けとめろぉ！」

ガンガン壊すような勢いで腰を使うと、久美子は泣きそうな顔で——いや、もうほとんど泣きながら喘ぎまくる。

「んぎぃいい♪ んひぃい♪ イッてるのにぃ、容赦なくズコズコ犯してくるオチンポぉ、気持ちよすぎますぅうう♪ ふぎぃい、ひぃい！ ご奉仕ぃ、マンコご奉仕ぃ、しようと思ってもぉ、オチンポ気持ちよすぎてぇ、マンコ制御できないぃいい♪」

「くはぁ！ ああでも、イキまくりマンコも悪くないなぁ！ こんなに激しくて不規則なうねり方されると、こっちも予想外の刺激で気持ちいいよぉ！」

ほとんど暴走状態の肉便器マンコに向かって、それでも激しくピストンをしていく。

「ひはぁ、ひはぁあ♪ おぉお、おぉぉお♪ とまらないぃ、オナホマンコぉ、必死にぃオチンポ食べちゃうぅう♪ 貪っちゃうぅう♪ おひいいいっ、オチンポをぉ、おいしすぎてぇ、頭おかしくなるぅううう♪」

「くはぉっ！ そらそらぁ！ おかしくなれぇ！ 壊れろぉっ！」

この肉便器を思いどおりにしていいのは世界で自分だけという感情を爆発させながら、僕も限界を突破して腰を振りまくった。

昔の僕はわりと貧弱だったが、久美子を調教するようになってから確実に体力や筋力がアップしている。そして、メンタル面もだいぶ強くなっている。昔はいじめを苦にして引きこもることを考えたこともあったけど、いま考えるとバカらしい。

世の中には、これほど飢えたマゾババアがいるのだ。

僕は久美子を犯し続けるうちに、社会や人生についてかなり楽観できるようになった。

「あぁおおっ♪　ふっぐぅうう♪　マンコぉ、使われてるぅ♪　年下のご主人様にオナホみたいに使っていただけてぇ、わたしぃ、これまで生きてきてよかったですぅう♪　ひぃい、奥で大きくなってるう、もっともっと勃起してるぅ♪　ご主人様のオチンポはぁ、くたびれたマゾババアのマンコを救ってくださった人生の恩人ですぅううううう♪」

チンポが往復するたびに久美子は感謝を伝えるように膣内を激しく収縮させてくる。

最初はいけ好かないババアだったが、いまではすっかりお気に入りのオナホだ。

「ひっぐぅうう♪　年下のご主人様にマンコ捧げることができてぇ、しあわせすぎますぅう♪　ふぎぃ♪　もっと、もっと味わってぇ♪　マゾババアのオナホマンコぉ♪　マゾメスにとって立派なオチンポに犯していただけるのが、なによりのしあわせなのぉ♪」

「くっはぁ！　充血しきったマンコがプルプル震えてマッサージされてるみたいだ！　まるで電動オナホみたいだねぇ！　くく、それじゃあこの十日間で調べたポルチオセックスを試してみるかぁ！」

肉棒の先端を子宮口に引っかけるようにすると、そのまま小刻みに震動させる。

「うっぎぎぃい♪　ひぃい♪　ぼ、ポルチオセックスぅ⁉　んはぁ、こんなのぉ知らないい、んぐほぉ、こ、この歳になるまでぇ、こんなセックス知らなかったわぁあっ♪　あはぁああ、さすがご主人様ぁ♪　次々と天才的な発想で調教してくださるご主人様はぁ、やっぱり偉大ですぅうう♪　んほぉお、いひぃ、奥が子宮が引っ張り出されるぅうっ♪」

　生意気にも肉棒を押し返してくる子宮口を逆に蹂躙しまくると、膣の内側から屈服していく感覚がある。ゾクゾクするほどの征服感を覚えながら、摩擦を繰り返していった。

「くはぁ、いいねぇ、この征服感！　この奥に精液を注ぎこんで孕ませてやるぅっ！」

「んひふっぐぅ、いひぃいいいいぃいいい♪　ぁあぁ、孕ませてぇ、ご主人様ぁ♪　種つけザーメンいっぱい注いでくださいぃ♪　んっはぁあ♪　お願いしますぅうっ♪　マゾメスババアを孕ませてぇええええ♪　受精させてぇえええ♪　もうバカ息子も会社も必要ないぃ、わたしのぜんぶ、ご主人様に捧げますからぁ♪　どうか中出しお願いしますぅっ♪　マゾババアを孕ませてぇっ、完全にご主人様のものにしてぇえええええええ♪」

　竿全体を包みこむように締めつけ、亀頭が子宮吸いこまれる。

　まるで宙に浮くような感覚とともに、快楽が膨れあがっていく。

「くはぁああ、もう本当に孕みたがってるねぇ！　チンポにビンビン伝わってくるよぉおお！　うぐはぁ、あぁあ、ラストスパートだぁ！」

　マゾメスババアを壊すぐらいのつもりで、激しいチンポタックルを繰り返す。

　これぐらいやらないと、この淫獣は満足できない。そして、僕も――。

「んごぉおおお♪　んぎひぃいい♪　おごほぉおおおう♪　すごいぃ、すごいですぅううう♪　ご主人様のたくましいオチンポぉおおバコンバコン子宮にきてますぅう♪　奥にい、卵子にぃ、トドメさされちゃうぅううう♪　ご主人様の若くて元気な精液でぇ、孕ませてくださいぃいいい♪　完全受精させてぇええええっ♪」

膣壁が蠕動《ぜんどう》しながら圧迫を繰り返し、根元からカリ首にかけて射精をおねだりするように強烈に締めつけてきた。

「くっおぉおおお、あぁあっ！　出るっ、くぅお、出すよぉ！　孕ませるぅ！　確実にぃっ、僕の子どもをぉ、作れぇえっ！」

「はひぃいっ♪　ご主人様の子どもぉ、孕みますぅうっ♪　マゾババアのマンコでぇえ、繁殖してくださいぃい♪　ご主人様ぁ♪　いひぃい、ビクビク震えるオチンポの先からぁ、いっぱい出してくださいぃい♪　卵子目がけて濃厚ザー汁、発射してぇえええええ♪」

「あああああああああああああああ！」

尋常でない快楽が爆発して猛烈な勢いで精液が噴きあがった。

「んぐっほぉおーーーーう♪　おぉほおおおぉおおーーーーーーー♪　ドロドロ濃厚子作りザーメンぶちこまれてるぅううううう♪　んぐぉおおおっほぉおお♪　卵子ぃ精液で犯されてるのぉおおおお♪　あぁあぁあぁあああ♪　イグッ♪　マンコぉ孕んでぇイグぅう♪　イギますぅ、ご主人様ぁっ♪　あっはぁーーーーーーーーーー♪」

——プッシャァアアアア！

久美子は下品な絶頂声をあげて、小便のような潮を撒き散らしてイキ狂う。

それに負けじとこちらも次々と大量の精液をぶちこんでいった。

「んほぉおお♪　んごっおぉ♪　あぁあ、まらぁ、くるぅう♪　ご主人様の力強い射精ぃ、潮噴きを凌駕してるぅうう♪」

潮噴きと射精の応酬を繰り返すが、途中からは完全にこちらだけが腰を振って一方的に精液を押しこんでいく。主人である僕が奴隷ごときに負けるわけにはいかない。

「ひぐぅう♪　んはぁ♪　ザーメン飲まされてるぅ♪　ひぃいい、卵子がぁ精液ぶっかけられてぇ、ザーメン飲まされてるのぉおお♪　おふほぉおお、マゾババアの卵子をぉ、若い精液が孕ませてくださってるぅううう♪　んひぃ、ひいぃ♪　おぉお、まらイぐぅ、しあわせすぎてぇ、またイキますぅーーーーーーー♪　んあああああぁああああーーーー♪」

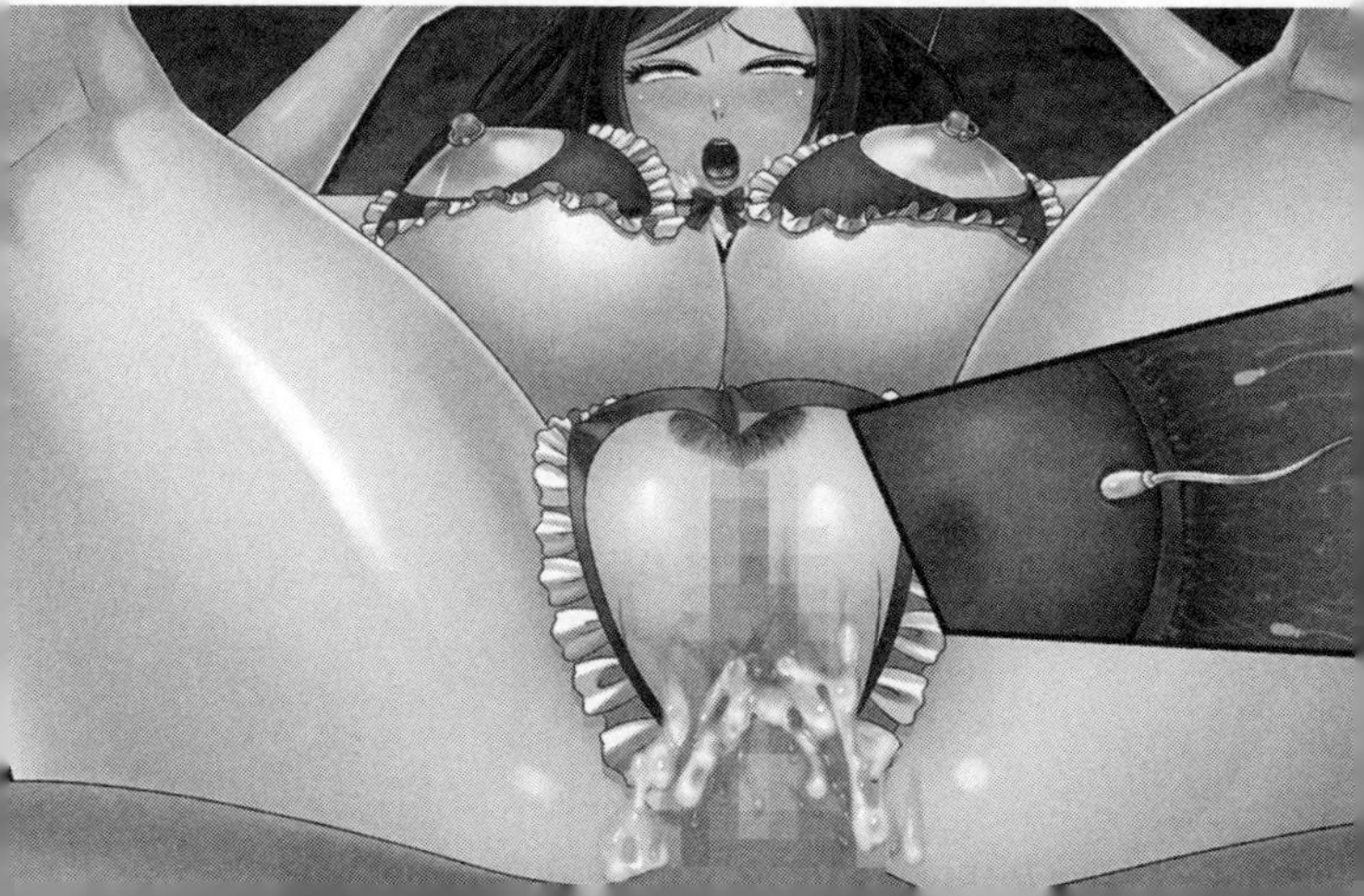

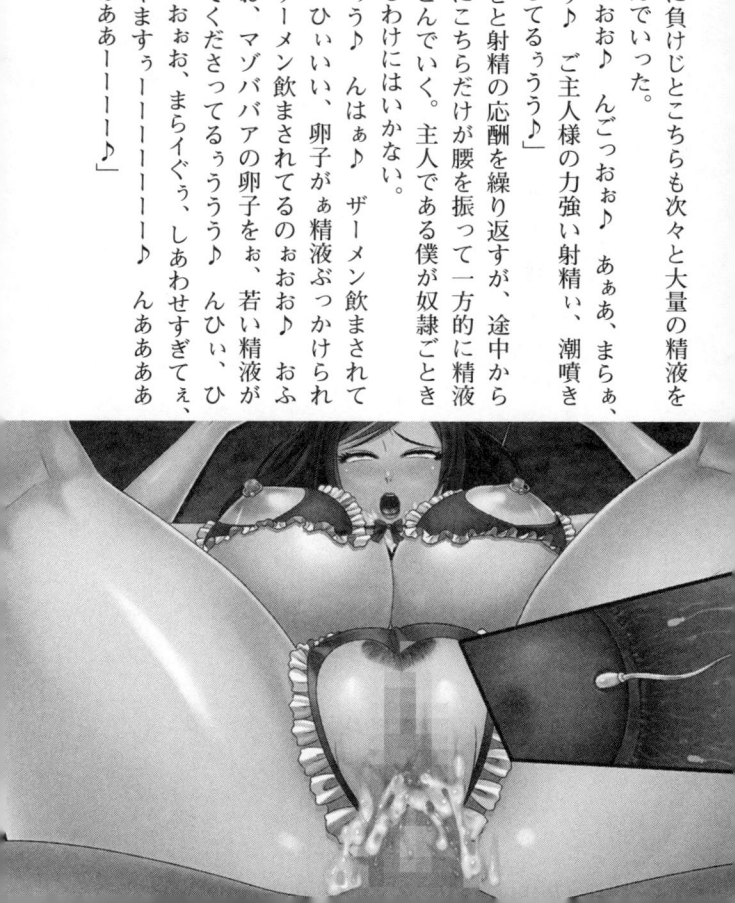

もはやこちらが腰を動かさなくても、絶頂の連鎖でマゾババアはイキまくっていた。

それによって膣内がキュウキュウ締まってきて、こちらも尿道に残っていた精液を搾り取られていく。

「うくぅ、くはぁっ……！　まったく、ババアは欲張りだなぁ！　くく、でもこれだけ大量に出したら孕んだよねぇ？　僕も今回は手ごたえバッチリって感じだし」

「ふはぁ、ふあぁぁあ♪　できましたぁ、ご主人様ぁ♪　ご主人様の子どもぉ♪　今回でぇ確実に孕みましたぁあっ♪　これはぁ、絶対に孕んだってわかりますぅう♪」

確信したようにつぶやき、とろけた笑みを浮かべる久美子。

ババアに似つかわしくない女の悦びを感じている表情だ。

「はは、まあ、これだけ出せば確実だろうねぇ～。でも、孕んだらもう完全にあと戻りできないよぉ？　完全に僕のものになるけど、それでいいのかなぁ？」

「もちろんですぅ、ご主人様ぁ♪　わたしはっ、わたしのすべてはぁご主人様のものですぅう♪　これからもぉ、どうか肉便器マンコをご使用くださいぃ♪　残りの人生、すべてご主人様に捧げますぅぅう♪　わたしはご主人様専用のオナホ穴ですからぁあ♪」

「ふはっ、まあ、せいぜいがんばって産んで、がんばって育ててよ。僕はこの肉便器穴を使えればいいからさ。こんなふうに――」

妊娠を確信して女の悦びに浸っている子宮に向けて、僕はメスであることを思い出させるように放尿を開始した。

――ジョボボボボボォ～～～♪

「ひぃいいいい♪　おぉおおほぉおおう♪　おしっこぉおおお♪　あぁあ、入ってきてるぅううう♪　おしっこ子宮で暴れ狂ってるぅぅう♪　ひあぁああぁああ～～～♪」

イッたばかりで敏感な子宮を小便で蹂躙されて、久美子はジタバタともがく。

「ほらぁ、あまり動くと出しにくいだろぉ？　マゾババアにふさわしい便器の立場を思い出させてやってるんだから、感謝しろよなぁ？」

「はいぃい♪　も、申し訳ありません、ご主人様ぁあ♪　わたしはぁ、女である前にメスですぅう♪　ご主人様専用のマゾ肉便器ぃいい♪　人間やめてる最低の便器ですぅ♪　これからもぉ、自分の立場をわきまえてぇ、生きていきますぅうう♪」

「はは、そうだ、わかってるじゃないか」

「はいぃ♪　マゾババアのぉ価値なしマンコをぉ便器として使ってもらえたという感謝の気持ちを忘れることなくぅ、これからもぉ、便器として精進いたしますぅうぅう♪」

「よしよし、がんばれよぉ。ふぅう……よっと」

尿を出しきって勢いよく肉棒を引き抜くと、愛液と精液と尿の混じった淫液がドバドバと溢れ出てきた。醜悪《しゅうあく》でありながら最高の光景だ。

「んふぉおおおぉおお♪　あぁああ、漏れちゃだめぇええ♪　わたし便器だからぁ、ご主人様の出してくださったものはぁ、ぜんぶ飲むのぉおお♪　んっひぃ♪　ひぃぃ♪」

久美子は必死に膣口を締めつけて淫液の放出を食いとめようとする。

そこをすかさず――僕はまだ硬さの残っている肉棒を叩きこんだ。

「んぐっおぉおおおほぉおーーーーーーーーーーーーーーーーーーーー♪」

不意打ち挿入で再び久美子は絶頂を迎える。

「ふはぁっ！　十日間もオナ禁してたんだから、まだまだこんなもんで満足できるわけないだろぉお！」

「おぐほぉおおお♪　さすがですぅ、ご主人様ぁあああ♪　若いご主人様の底なしの性欲にぃ、マゾババア、メロメロになってしまいますぅう♪」

僕は歓喜の叫び声を轟かせる久美子をそのあとも徹底的にハメ倒し――完全に精巣が空っぽになるまで精液をぶちこんでやったのだった――。

●　●　●

危険日中出しセックスから、数か月――。

僕の生活は、久美子のサポートによってますます充実していた。

金銭面のみならず、両親が不在のときは久美子が僕の家に泊まりがけでやってきて奉仕をするようになっていた。巧海には出張で家に帰れないと言って寂しい思いをさせているのが、たまらなく愉快だ。

そして、一般人は入れないような高級フィットネスジムの会員権やブランド品をプレゼントされたり、超高級旅館での泊りがけでの調教旅行なども行った。

同年代のガキがつまらない交際をしている間に、僕はセレブな調教生活を満喫したのだ。

なお、久美子はあの危険日中出しセックスによって本当に妊娠し——いまは順調にボテ腹になっていった。

当然、周りはそれに気がついたが——久美子にそれを尋ねられるような者はいない。

巧海にいたっては、ただ久美子が太っただけと思っているようだから、救いようのないバカだと思う。

「まぁ、そんなバカ息子にそろそろ引導を渡してやらないとねぇ」

僕は、久美子の手配で貸し切り状態の教会の中でひとりごちた。

なぜこんなところにいるかというと——それは結婚式のためだ。

新婦の待合室のドアが開き、布面積の極めて少ないスケベウェディングドレスを着た久美子がこちらにやってきた。

「お、着替え終わったの？」

「んはぁ、ご、ご主人様……♪　どうでしょうか……似あいますか？」

久美子は妊娠した証であるボテ腹を抱えつつ、僕の前に立った。

「くははっ、似あうねぇ～！　想像以上に酷くて最高だよ！　清楚さのかけらもないマゾババアにピッタリのマゾ嫁衣装だ！」

めでたいはずの妊娠腹さえも卑猥に強調するデザインは、まさに匠の技。

これから歩くバージンロードを真っ向から否定する神をも畏れぬ姿だ。

首輪はもちろん白いヴェールに清楚さを引き立てるはずの長手袋も、教会の神聖な空気を冒涜していた。

「んふぅっ、あぁぁ、うれしいですっ……♪　ご主人様に喜んでいただけるなら、準備したかいもありますから♪　本当に似あってますか？」

「ああ、似あってるって！　それとも二度目だから着こなしてるのかなぁ？　以前の夫とも当然、結婚式は挙げたんでしょ？」

「んはぁ、意地悪を言わないでください、ご主人様ぁ♪　もう以前の人なんて顔も思い出したくもありませぇん。あんなバカ息子が産まれてしまったのは、あの人の遺伝子のせいですからぁ。今日こそが、本当の結婚式ですぅ♪　わたしにとって本当のご主人様にぃ、すべてを捧げる日なんですぅ♪　この子と一緒にぃ♪」

すっかり膨らんだボテ腹を愛おしげに撫でながら、久美子はしあわせいっぱいの表情を浮かべていた。僕としても、そこまで言われれば悪い気はしない。

「くくっ、それじゃあ、そろそろ僕たちの結婚式を始めようか！　まずは誓いのキスと新婦の使い心地を試してやろうかなぁ！　ほら、マゾメスブタにふさわしい姿になってもらおうかな！」

「はいぃっ♪　んはぁぁ、それではぁ、誓いのキスをさせていただきますぅ♪」

久美子は、あらかじめ前日に打ちあわせていたとおりバージンロードに仰向けになった。その顔面へ僕は悠然と腰かける。肛門が久美子の口に、肉棒が乳房の間にくる位置だ。

そう。主人と奴隷に対等なキスなどありはしない。

マゾメス奴隷たるもの、主人への誓いのキスはアナルにすべきなのだ。

「んふはぁあ♪　あむちゅるぅう♪　んはぁああ♪　ご主人様のぉ、アナルぅ♪　ふは、ちゅるうぅ♪　じゅずぅ♪　じゅるぅうっ、ふはふはぁっ♪」

久美子は鼻息荒く興奮してアナルにむしゃぶりつき、舐めまわす。

それに対して僕は、ますます顔面に体重をかけていく。

「んはっ、ふはあぁ♪　ご主人様ぁっ♪　んふあぁ♪　ちゅぅ、じゅるるうぅ♪　あぶじゅる、こうしてアナル舐めで隷属の誓いを立てることができてぇ、最高ですぅ♪　ちゅっぢゅるぅう♪　れろぉお♪」

「ふはっ、いくら僕のケツ穴が好きだからって貪りすぎじゃないかぁ？　せっかくの式なんだからちゃんと誓いの言葉を口にしなきゃねぇ？」

「んぶはぁあぁっ！　も、申し訳ありません、ご主人様ぁ！、じゅるぅ、ふはぁ、あぁ、ご奉仕したいお尻の穴がっ、目の前にきたから、ついぃ――♪」

名残惜しそうにアナルへのキスを取りやめた久美子は、尻穴に熱い吐息を吹きかけながら昨日決めておいた誓いの言葉を口に出していく。

「んっはぁああっ♪　わ、わたしはぁ♪　前の姓を棄《す》てぇ、これからはただのマゾババア久美子としてぇ、一生、ご主人様にすべてを捧げることを誓いますぅっ♪　ふはあ♪　このボテ腹もぉ、マンコもお口も、乳房も乳首もぉ♪　家やお金の資産もっ、持っているものすべてぇ、わたしの未来のすべても含めてぇ、これよりご主人様のものですぅう♪　んはぁあああーーーーーーーーーーーーーーーーーーー♪」

誓いの言葉を口にしただけで久美子は激しく絶頂してビクビク震える。

一流のマゾは、言葉だけでここまでイけるのだ。

「んあぁあ♪　どうか、ご主人様ぁ♪　どうぞっ、受け取ってくださいぃ♪　ご主人様ぁ、受け取っていただけるならぁ、誓いのキスでぇっ、わたしのすべてを捧げますぅっ♪」

こちらに受け入れてもらえることを期待して声を弾ませる久美子。

だが、ここですぐに望む答えをくれてやるようでは主人は務まらない。

「はぁあ～～～。どうしようかなぁ～～～？」

わざと僕は、大仰にため息を吐き、思案する素振りを見せた。すると、久美子の身体が

恐怖でビクッと大きく引きつるのが伝わってきた。

　年上の女の心をこうまで自由にもてあそぶことができて、嗜虐的な笑みが浮かんでくる。

　その愉悦の間、久美子はさっきとはまた別の意味で息を荒くしている。ここまで捧げて断られたら――と、悪い想像をしているのだろう。

　十分にマゾ奴隷の動揺を楽しんでから、僕は口を開いた。

「……やれやれ、こんなドスケベマゾババアを野に放ったら犯罪だよねぇ？　んー、まあ、しかたないから……僕が受け取ってやってもいいかなぁ～？　こんな状態だと絶対に社会に対して迷惑かけるだろうしねぇ～？」

「――んっはぁああ♪　ご、ご主人様ぁああ♪　ありがとうございますぅ！　こんな檻《おり》にでも入れておかないといけないようなドスケベ変態淫獣ババアを拾ってくださりぃ、本当にありがとうございますぅううううううう♪　このご恩は一生忘れませんっ！　マゾババアの全力をもって、一生ご奉仕させていただきますぅうう♪　じゅるうぅ、んぶはぁ、ああ、じゅる、ぢゅぶるううぅぅう♪」

　僕に受け入れられた悦びを爆発させて、さっきよりもさらに激しくアナルにしゃぶりつき舐め回してくる。さらには、乳房で肉棒を挟んでパイズリ奉仕もしてきた。

「んふぁ♪　じゅるぅ♪　ぢゅずるぅ♪　ふはぁ♪　ご主人様ぁ、どうかぁ気持ちよくなってくださいぃいい♪　ぢゅるるぅう、ぢゅずず、れろぉおお♪」

「ああ、僕としても都合のいいオナホを手放すのはもったいないからねぇ。ほら、もっともっと奉仕しなよぉ？　せっかく張った乳房なんだから、ほら、出すものあるだろ？」

「んはぃいい♪　わかりましたぁ♪　んふぅおぉお♪　母乳ローション出しますぅ♪　んひぃっふうううぅうっ♪」

　両手で乳房をつかむと、射精のような勢いで母乳が飛び出した。それは瞬く間に量を増して肉棒と谷間をヌルヌルにしていった。

「ふっはぁっ、あぁ、いいよぉ、ババアでも妊婦は妊婦だからぁ。こうして母乳プレイを楽しめるのもいいよねぇ！　くく、それじゃ腰を動かしてやるかぁ！」

谷間を膣に見立ててピストンを開始すると、久美子は全身が性器になったようにビクビク全身を震わせる。

「んひぃい♪　はひぃぃ♪　んはぁぁぁあ♪　気持ちいいですぅ♪　おっぱいマンコぉ、ミルクまみれの谷間ぁ、たっぷり犯してくださいぃぃ♪　わたしもぉ、もっともっとケツ穴ご奉仕がんばりますぅう♪　んむじゅうる、じゅずじゅずるうぅっ♪」

「くはは、誓いのキスからハードだよねぇ！　まぁ、これぐらいじゃないと、僕たちにふさわしい結婚式にならないよねぇ！　ほらほらぁ！」

熱い舌が肛門をほじってくる中、こちらも滑りのよくなった乳房の谷間を激しくピストンしまくる。ニュルニュル形を変える乳房は、実に心地よい。

「んふはぁあ♪　おっぱいマンコ使っていただきぃ、ありがとうございましゅうぅ♪　じゅるる、ぢゅりゅうっ、れろぉ♪　んふぅ♪　んふぅうー♪　んはぁ、おっぱいも乳首もこすれてぇっ、全身肉便器なマゾメス奴隷、悦んじゃってますうぅう♪」

適度な弾力感と圧迫感のある谷間に抽送しているうちに、カウパー液もどんどん溢れ出てくる。それが母乳と混じりあい、ますますグチョグチョの粘液になっていった。

「んれろぉ、れろぉお♪　金玉こんなにずっしりぃいっ♪　ふはぁ、わたしの母乳よりっ、たっぷり詰まったぁ子種汁ぅ♪　んはぁあ、アナル舐めとおっぱいマンコでスッキリしてくださいぃ、じゅずるううぅぅ♪」

顎でこちらの睾丸を刺激しながらますます深くに舌を入りこませ、激しく身体を上下させて肉棒をパイズリしてくる全身全霊の奉仕に、徐々に射精衝動が高まっていった。

「くぉおっ！　ははっ、いいぞぉ！　あくはぁっ！　よぉし、それじゃあライスシャワー代わりの子種汁を出してやるかぁっ！　うぐはぁあ！」

「はひぃ、どうぞぉ♪　んぢゅる、じゅぶるう♪　あぁあ、ザーメンシャワーお願いしますぅうう♪　盛大に出してくださいぃいい♪　金玉からぁ、いっぱいドピュドピュぅ、祝福してくださぁい♪　じゅずりゅるううぅ♪」

「うっはぁあああああああっ！」

咆哮しながら激しく腰を突きあげて、久美子の望みどおりに盛大にザーメンシャワーを迸らせた。すさまじい快感と爽快感を同時に覚えながら、次々と白い雨を降らせていく。

「ふはあぁっ！　あああふあぁああ♪　すごいぃ♪　すごい勢いで出てるぅ♪　んっふぅうう♪　ふはぁああ、いっぱいきてるぅう♪　んふぅはぁああーーーーっ♪」

陸にあげられた魚のように、全身をのたうち回らせ、乳首からは射精に負けないような勢いで母乳が飛び出していった。

「くっはぁ、本当にすさまじいばかりの変態っぷりだよねぇ。母乳を精液みたいに迸らせるなんて、妊婦のイメージぶち壊しだねぇ～！」

「んふぅあぁあぁあ♪　わたしはぁ、妊婦になっても肉便器最優先ですからぁあ♪　わたしは妊婦である前にぃ、ご主人様のマゾ奴隷なのぉおお♪　おっほぉおおお♪」

ふぅふぅと口と鼻から荒い息を吐きながら、さらに盛りあがっていく久美子。

まさに人生最良の日を謳歌《おうか》しているといった感じだ。

「あふぅう♪　この歳でぇ、また結婚式を挙げられるなんてぇ、夢にも思いませんでしたぁあああ♪　あはぁあ、これもすべてぇ、ご主人様のおかげですぅう♪　これでぇ、わたしぃ、ご主人様の妻っ……んはぁう、ご主人様だけのぉ、マゾオナホぉお♪」

「ははは、そうだねぇ。誓いのキスをしたから、これで僕のオナホ嫁になれたってことだねぇ～」

「んふぅうう♪　あぁあ、オナホ嫁ぇっ♪　なんて素敵な響きなのぉ♪　んくふぅうう、ご主人様のオチンポ様を旦那にできるなんてぇ、わたしは世界で一番しあわせなドスケベオナホ嫁ですぅ、ご主人様ぁあああ♪　んっはぁあぁあーーーーーーーーー♪」

しあわせ絶頂でまたしてもイキ狂うボテ腹マゾ便器肉奴隷。

こんなふしだらな新婦兼妊婦は、世界中捜してもどこにもいないだろう。

だからこそ――僕にふわしい。

「さて、それじゃあ次に移ろうか」

腰をあげて、僕はいったん立ちあがる。

「結婚式は終わりだけど、次は披露宴だよぉ。ほら、久美子も立つんだ」

「あくふぅ、は、はいぃ♪　んふぅ、誓いのキスも素敵でしたけどぉ、やっぱり、あぁ、披露宴も楽しみですぅ♪」

久美子は指で乳房や身体に付着した精液を舐めとりながら、立ちあがった。

ちなみに披露宴の段取りも昨日のうちに決めておいた。

まずは式場から広い宴会場につながるそこで仁王立ちになり、チンポを勃起させたまま披露宴の開始を待つ。

やがて――ケツをこちらに向けたまま両手を頭の後ろで組んだ久美子が、下品なガニ股姿でこちらへやってきた。

「で、ではぁっ、失礼しますぅっ♪　あぁふぅあぁあ♪　ご主人様ぁ♪　オナホ嫁の使い心地を、いまぁ、披露いたしますぅううっ♪　んふぅううううう♪」

久美子は待ちかまえる僕の肉棒にそのまま膣口をハメこみ、挿入していった。何度使っても膣圧が変わらないのは、日々の膣トレの賜物だろう。

「んぐっふぅううっ♪　んはぁぁぁ♪　これが夫婦のぉ、最初の共同作業ぅっ♪　んふぅ、ケーキ入刀なんかよりも、素敵ぃいいーーー♪　んっほぉおおおーーーーー♪」

淫肉で肉棒を根元まで呑みこんで絶頂しつつ、そのまま腰を前後に動かして流れるように奉仕へと移行する。さすがは僕好みにカスタマイズされた肉便器だ。

「ふっはぁっ、共同作業だって言うんならぁ、僕も少しは手伝ってやらないとかなぁ！」

肉棒に走る快感を楽しみつつも背後から乳房をつかみ、キュッとピアスが輝く乳首ごと搾ってやる。そうすると、膣内がキュウッと締まってさらに具合がよくなる。

「んひぅう♪ あっふぅう♪ 恐縮ですぅ、ご主人様ぁあっ♪ んはふぁ、ご主人様との初めての共通作業ぅ♪ あっうふぅうう♪ 気持ちよいですぅう♪ ハートマン毛の下の熟したアツアツマンコがぁ、オチンポに媚びまくってますぅ♪ おほぉ、もっと、もっと媚びさせてぇ、マゾメスババアの腰振りでぇ、気持ちよくなってくださいぃいいい♪」

グイングインと肉棒をポールに見立てるように腰をローリングさせる動きに応えて、僕もストレートなピストンをガンガン繰り返していく。

「おごぉお♪ おごっほぉおおぅっ♪ んはあぁ、んっはあああ♪ ズゴズゴオチンポぉ、すごいぃ、早くて力強くてぇ、若さを感じちゃうぅううう♪ んふおおぉぅ♪ んふぅう、最初の共同作業からぁ、もうクライマックスな勢いなのぉおお♪ んはぁあああー!♪」

「ふはぁ、盛《さか》りすぎだよ、このマゾババア! まだ披露宴始まったばかりなのにそこまでエロい腰づかいされたら、動かしたくなっちゃうだろうがっ!」

「くふぅ、ふはあぁぁ♪ んふふぅう♪ も、申し訳ありません、ご主人様ぁ♪ ババア結婚で舞いあがりすぎてぇ、ついハッスルしてしまいましたぁあ♪」

調子に乗ったババアをしつけるべく、一度肉棒を引き抜き——再び奥まで全力を振り絞って叩きこんだ。

「んおぉっほぉおおおおぉお——!? おぉおぉおぉおほぉおお♪ すごいぃ、こんな奥までぇえええ♪ あーーー♪ 本当にすごいですぅ、ご主人様ぁああ♪ 太くて硬くて長くてぇ、ご主人様の肉棒はぁ、本当に偉大ですぅううう♪ んはぁああぁーーーー♪」

淫乱変態マゾババアオナホ妻はアヘ顔をさらしつつ激しく顔を振って、膣内をうれしそうに収縮、痙攣させる。そこを休むことなくピストンすると容易に絶頂した。

「んほぉおお♪ イクッ、ひぃいいい、おっぱい射精しながらぁ、イッぐぅ♪ オナホ嫁しあわせすぎてぇ、すぐにイッちゃいますぅう♪ おぉおほぉーーーーーーーう♪」

先ほどのザーメンシャワーのお返しとばかりに、乳首から母乳をまき散らす。膣内からも、ものすごい勢いで潮が噴き出していく。いつもながらよく出るものだと感心する。

「ふひぃいっ、孕みマンコぉ、もう制御不能でイキまくっちゃってますぅ♪ あはぁ、子宮もぉ、おっぱいも悦びすぎてぇ、痙攣と収縮とまらないぃい♪ おふぅううう♪」

「オナホ嫁のくせしてオナホ機能を制御できないようじゃしかたないねぇ！ ほらぁ、せっかく使ってやるんだから必死に動けぇっ！」

しつけないとすぐに快楽に流される駄マゾに懲罰を与えるように、ズコンズコン叩きつけるように腰を打ちつけてやった。まったく、主人というのも楽じゃない。、

「ひぎぃいいいいっ！ ひぐおほぉおぉ♪ オチンポぉ、次々にオナホ子宮をしつけてくださってるぅう♪ んぐはぁあ♪ すぐにヨガってしまう駄マゾで申し訳ありませぇん、

ひは、ひはぁ、死ぬ気でぇ、マンコ締めますぅう！　いぎひぃ♪　んぎひぃいい！」

　必死の形相で膣内を締めつけて、オナホ嫁としての仕事をこなそうとするが、こちらも容赦はしない。爆乳を両手でキツく握りしめながら、さらに腰を振っていく。

「いひふううぅ♪　あーーーーーー♪　あーーーーーー♪　全身から力が抜けちゃいそうなほど気持ちいいですぅーーー♪　母乳射精ぎもぢいぃい♪　妊娠オナホ子宮ズコズコ突かれるのもぉ、ぎもぢよずぎるぅうう♪　んごほぉお、おごほぉおおおーー♪」

　もはやイキ狂う淫獣と格闘するような気持ちだった。

　やはり、これほどのドマゾをしつけるのは若い僕じゃないとだめだろう。

　その思いをさらに強くしながら、突きあげを加速させていく。

「ひいぃ、ひぃいいぃい♪　やっぱり、ご主人様の調教は世界一ですぅう♪　ひぃいい、ひぃ♪　こんな素敵なオチンポにオナホ扱いされることができてぇ、こんなにうれしいことはありませぇえん♪　おおぉ♪　オチンポにぃ、絡むぅ♪　マン肉絡んでぇっ、精液搾りとっちゃいますぅうう♪　んほぉお、また、中にぃ出してくだしゃいいぃい♪」

「ほらほらぁ、奉仕しろって言ってるだろ！　結婚したからって調子に乗るようだったらすぐに捨てるぞぉ！　あくまでもオナホなんだからねぇ！」

「んあああ!?　も、申し訳ありません、大変申し訳ありませぇん！　がんばって腰も動かしますぅう！　ふぅ、ふほぉ！　ふほぉぉお！　すぐに精液ほしがるこらえ性のない駄マゾにならないようにぃ、もっともっとぉ、がんばりますぅ♪ んふぐぅう！」

快楽にとろけた顔をまた必死の形相に戻して腰を振ってくる久美子。イクのを我慢することで膣内の痙攣はさらに激しさを増して、さらに快楽が膨れあがっていった。

「そうだ、そうだぁ！ 努力しろよぉ！ 前途ある僕がわざわざババアを嫁にしてやるんだ！ 一生オナホとして精進しろぉ！」

「んはぁあ、申し訳ありません、ババアのくせに調子に乗ってましたぁ！ こんな中古ババアオナホを拾っていただけたという感謝の心を片時も忘れることなくぅ、一生奉仕のために努力し続けますぅう♪」

油断するとすぐに快楽を貪る方向に流れるのだから、ババアはどうしようもない。

これは、やはり一生調教が必要だろう。

「くっはぁっ！ 我ながら僕も物好きだよなぁ！ こんなマゾババアと結婚するなんてねぇ！ まぁだけど、これほどのドマゾとはそう簡単に出会えないだろうし、僕は若さよりもオナホ機能重視だからねぇ！」

それに財力と将来の就職先もついてくる。当然、社長である久美子のコネで僕は将来あの会社に入ることができるだろう。そうすれば、ゆくゆくは僕が社長になれる。ここまで付加価値のあるオナホも、そうそうないだろう。

「んはぁ、はぉお♪ ご主人様の生活はぁ、これからも手厚くサポートさせていただきますぅう♪　もちろん将来的には、我が社の社長にぃ、お願いしますぅうううう♪」

「くはは、まぁ、当然だよねぇ！　マゾ奴隷社長の主人が僕なんだからねぇ！　くはぁ、うくぅ、そろそろチンポがとけそうだ！　そろそろ時間だし、出してやるかぁ！　ほらぁ、しっかり締めろよぉ、マゾ嫁ぇええ！」

乳房をこれ以上ないほどに強く握りしめながら、ラストスパートピストンに入った。

「んひふぅうっ⁉　んごぉおほぉおおお♪　あおぉおお♪　孕みマンコに響くぅっ、オナホ子宮震えてるぅうう♪　んぎひぃ、それでもぉ、締めるぅう♪　全身全霊でご奉仕するのぉおおお♪　んっほぉおおーーー♪」

ガニ股のまま激しく腰を動かし、愛液と母乳と汗と涎をまき散らす。花嫁にあるまじき——いや、人間としてあるまじき醜態をさらしながら久美子は高みへと昇っていく。

「んふぉおっ♪　おぉお、ふぐぉお♪　どうかぁっ、イッてくださいご主人様ぁ♪　マゾオナホ嫁の孕みマンコにぃい、特濃ザーメンいっぱい出してぇえええ♪　嫁になってから初めての中出しぃい♪　お願いしますぅううう♪」

肉棒を包みこんでいた膣肉が容赦なく勃起竿を締めつけてしごきあげてくる。

オナホマンコの極限膣コキによって、一気に射精感がこみあげてきた。

「くあぁあ！　出すぞぉ！　オナホ嫁になってからの初中出しぃ、いくぞおぉ！」

「んほぉあああ♪　オナホ妻の初仕事をぉ♪　いっぱい精液飲ませてぇえええ♪　ボテ腹

子宮にぃ、精液お恵みくださいぃ、ご主人様ぁあああああああああーーーーーーっ♪」

絶叫とともに、これまでで最も激しい搾精運動が膣内で起こる。絡みつき、締めつけ、搾り、吸いだすその動きによって——精巣が破裂するような勢いで精液を迸らせた。

「ふはぁあああーーーーーー♪　おほっ♪　おほぉおおーーーーーーーー♪　ひはぁあーーーー♪　きてますぅ♪　ボテ腹孕みマンコにぃい♪　ご主人様の偉大な精液ぃマゾメスオナホマンコをぉ、満たしてくださってるぅうーーーー♪　いひぃいいいいい、イぐぅう♪　おほぉおぉおーーーー♪　マンコイグぅううーーーーーーーーー♪」

大きなボテ腹を激しく突き出しながら絶叫と絶頂を繰り返し、教会の神聖な雰囲気をこれでもかというほど冒涜し、ぶち壊していく。

「いひぎぃいいい♪　あぉおほぉおおお♪　オナホ穴としてぇっ、最高の幸福ですぅうっ、ご主人様にぃ、こんなに精液出していただけてぇえ♪　これに勝る人生の悦びはありませぇんん♪　ふぐぅうっ、しゅごいぃ、まだビュービューくるぅ♪　おふほぉおぉおぉ♪」

ビクンビクンガクンガクンと壊れたように身体を暴れさせながら、久美子は絶頂の余韻に酔いしれる。それが新たな刺激となって、さらに精液を噴き出していった。

「んぐほぉ♪　おほぉおおおう♪　オチンポがぁザー汁まき散らしながら子宮の奥で暴れてるぅう♪　ボテ腹孕みマンコぉお、オチンポと精液でぇ、犯されてるぅうう♪　イッてるのにぃ、マゾババアのマンコぉ、またイグぅう♪　イッグぅうーーーーーーーーーー♪」

「くはぁ、まるで命あるみたいに蠢いてるねぇ！　妊娠してるくせに、なんてドスケベな淫乱マゾオナホマンコなんだよ！　あぁあ、たまらないねぇ！　これはぁ！」

久美子をオナホ嫁にしてよかったと思いながら、とまらない射精に身を委ねていく。

一方で、久美子も射精のたびに身体を跳ねさせて絶頂をループさせていた。

「んっはぁあ♪　出てるぅ♪　まだまだとまらないぃ♪　んふぁあああぁ、さすがですぅ、ご主人様ぁ♪　結婚式に続いて披露宴でもぉ、こんなに大量で濃厚なオスの射精できるなんてぇえええ♪　ご主人様に出会えてぇ、わたしは本当に果報者ですぅううう♪」

「くはは、本当にとろけたエロ顔晒してるねぇ～！　いやぁ、もう放送禁止レベルのマゾ顔だよ、それ」

「んはぁあ、ふはぁあ――♪　申し訳ありません、ご主人様ぁあ♪　存在自体が猥褻罪のわたしですがぁ、これからもぉ、どうかぁ、末永くよろしくお願いしますぅううう♪」

しあわせそのものの笑みを浮かべる久美子だが――これで終わりでは調教にはならない。

僕はドアの向こうから人がこちらへやってくる話し声と足音に気がついた。

「くくっ……それじゃあ最後の最後に、サプライズだぁ！　招待客の登場だぞぉっ！」

僕は思いっきり手を振りあげると、パァン！と思いっきりデカケツをぶっ叩いた。

それと同時にドアが開かれて、僕が招待状を出していた人物が入ってきた。

エピローグ　復讐と略奪とオナホ妻

──ジョロロロロォオ、プシャアアアアアーーーー♪

ケツを叩かれた衝撃とドアから現れた人物を見たショックによって、久美子は絶頂お漏らしと母乳噴射を開始した。

「んおぉぉおおおぉぉおほぉおおおお♪　あ、ああああああ、た、巧海ぃいいいいい♪　おぉお、ほぉおおーーー♪　あぁあああ♪　オナホ嫁のぉ、披露宴にぃ、ようこそぉおーー♪　あひぃ、出る出るぅう♪　おしっこと母乳ぅ、お漏らししちゃうのぉおお♪　見てぇ、見て、巧海ぃいいいいーーーー♪」

式場に入ってきたのは巧海。そして、巧海の彼女と巧海の親友だ。

「きゃぁああああああっ⁉」

「な、なんだこれっ！　結婚式じゃないのかよ、巧海っ！」

「なっ……えっ……あっ？　えええぇっ⁉　マ、ママなのッ⁉」

オナホボテ腹妻の歓迎下品シャワーに、三人は驚愕の表情を浮かべる。

特に、変わり果てた母親の姿に巧海の目は点だ。

そんな息子を見て、久美子は吹っ切れた笑みを浮かべる。

「ふっほぉおおおっ！　巧海ぃ、そうよぉっ、わたしがあなたのぉママぁ、うぅんっ、さっきまでぇ、一応あなたのママでしたぁ！　でも、今日からはもう違うのぉ！　あなたのママじゃないのぉおおっ、おぉおほぉお、出るっ、出るぅうーーーっ！」

久美子は身体を仰け反らせると、再び母乳と小便をバージンロードに噴き出していく。

あまりの勢いに、三人はあとずさるほどだ。

それを見て、久美子は愉快そうに笑う。

「あっはぁあああ♪　わたしはぁ、ご主人様の言葉ひとつでバージンロードにぃ、淫らな液体まき散らすぅ、オナホ妻なのぉおおお♪　ご主人様の哀れみでぇ、成人するまではぁ、お金だけは出してあげることになってるからぁっ、全国で最も厳しい全寮制の男子校に入ってねぇえ♪　おぉおほぉおお、また出るぅううううーーーっ♪」

――プシュゥウウウーーー♪　プシャアアアーーー♪

「なっ、えっ……うそっ、そんな、ママ⁉　こんなありえないよ！　なんだ、これっ！」

現実を受けとめきれない巧海は足をガクガクと震わせると、そのまま腰を抜かしてへたりこんだ。

続いて、傍らの友人たちは巧海から距離をとるように離れていく。

「な、なによ……じゃあ巧海君とつきあってもメリットないってことだよね？　なんなの、

これっ……あたし、もう帰るからっ！」

「……あー、その、俺も……もう、帰るわっ。もうおまえ金持ちの息子でもなんでもないんだろ？　じゃあ、一緒にいる意味ないし……というかさぁ、おまえのママ変態すぎじゃね？　おまえと同じ歳のあいつと結婚するなんて……マジありえねぇよ！」

　そのまま巧海の彼女と親友は足早に教会から出て行ってしまった。もっとも、富や地位で寄ってきた連中なので、本当に彼女や親友と言えたかどうかは微妙だが。

「えっ、ちょ、待ってよ、ふたりともっ……お、置いていかないでよっ！」

　巧海が呼びかけるが、ふたりはもう関わりあいになりたくないとばかりに、ほとんど駆け足で逃げて行ってしまった。

「ふはははぁっ！　これで少しはいじめられてた僕の気持ちがわかったかなぁ!?　でも、もうこれで完全に立場逆転だよぉ！　もう久美子の身体も心も財産もなにもかもが僕のものだからねぇっ！　もうおまえは全寮制の男子校に入って、掘られるなりなんなりしてしあわせに暮らせよぉ！　くはははは！　はははははははははぁっ！」

復讐を果たした僕は、暗い愉悦を抑えきれず笑いだした。

本当に愉快でたまらない。僕をいじめたこいつから、すべてを奪ったのだ。

大事な母親でさえ、完全に僕のメスマゾ肉便器奴隷妻となったのだ。

「あ……あ……こ、こんなのうそだ……現実じゃない、これ、変な夢だろ……？　そうじゃなきゃ、ママが――」

哀れにうろたえる巧海は、救いを求めるように久美子のほうを見る。

だが――久美子はもう、僕のものだ。

「んふぅううう♪　もう、あなたのママじゃないって言ってるでしょう？　わたしはぁ、ド変態ドマゾのぉ、ご主人様専用オナホ肉便器妻なんだからぁあ♪　だからぁ、もう邪魔なあなたは遠くに追いやって、一生ご主人様のオナホとして生きるのぉおお♪　ふはぁああ、あああん♪　最高よぉ、メスにとって最高の人生だわぁ♪　このオチンポにぃ、一生お仕えできるなんてぇええ♪　あはぁん♪　ご主人様ぁあ♪　またオチンポしてくださいいいい♪　いっぱいマゾババアのオナホマンコに中出ししてくださいぃいいいいい♪」

「よぉし、それじゃあ、いくぞぉ！　ほらぁあああ！」

「うあ……あ、あぁぁ……うそだ、うそだうそだ、こんなの、うそだぁあああああ！」

もう巧海の声なんて、まったく気にならない。

僕と久美子はふたりだけの世界に入りこみ、ひたすらセックスを楽しむのだった——。

春風栞
Shiori Harukaze

こんにちは、春風栞です。

このたびは、「いじめっ子の爆乳母ガチ孕ませ制裁！」を手に取っていただき、誠にありがとうございます。

本作は、いじめっ子によって入院するほどの大怪我を負わされた主人公が、いじめっ子の母親・久美子にあんなことやこんなことをしていくお話です。

久美子は女社長でプライドが高く、富や地位もあります。それをかなり年下の主人公がハードな調教を施してオナホ化していきます。プレイ内容はフェラやパイズリ、アナルセックス、露出散歩などなどバラエティに富んでいます。久美子は最初は戸惑うものの、すっかり調教にドハマりして痴態を晒していきます。

肉体面のみならず精神面をも調教されて人生観が変わっていくさまと、ハードすぎるエッチシーン、どちらも楽しんでいただけたら幸いです。

それでは、最後になりましたが、Miel様、編集K様、読者の皆様、この本に関わってくださったすべての皆様に、心より御礼申し上げます。

またお会いできる日を楽しみにしております。

オトナ文庫

いじめっ子《こ》の爆乳母《ばくにゅうはは》ガチ孕《はら》ませ制裁《せいさい》！
～ドSな女社長《おんなしゃちょう》ママをドMオナホにしてやった♪～

2018年 5月30日　初版第1刷 発行

■著　　者　　春風栞
■イラスト　　T-28
■原　　作　　Miel

発行人：久保田裕
発行元：株式会社パラダイム
〒166-0011
東京都杉並区梅里2-40-19
ワールドビル202
TEL 03-5306-6921

印 刷 所：中央精版印刷株式会社

OB-118

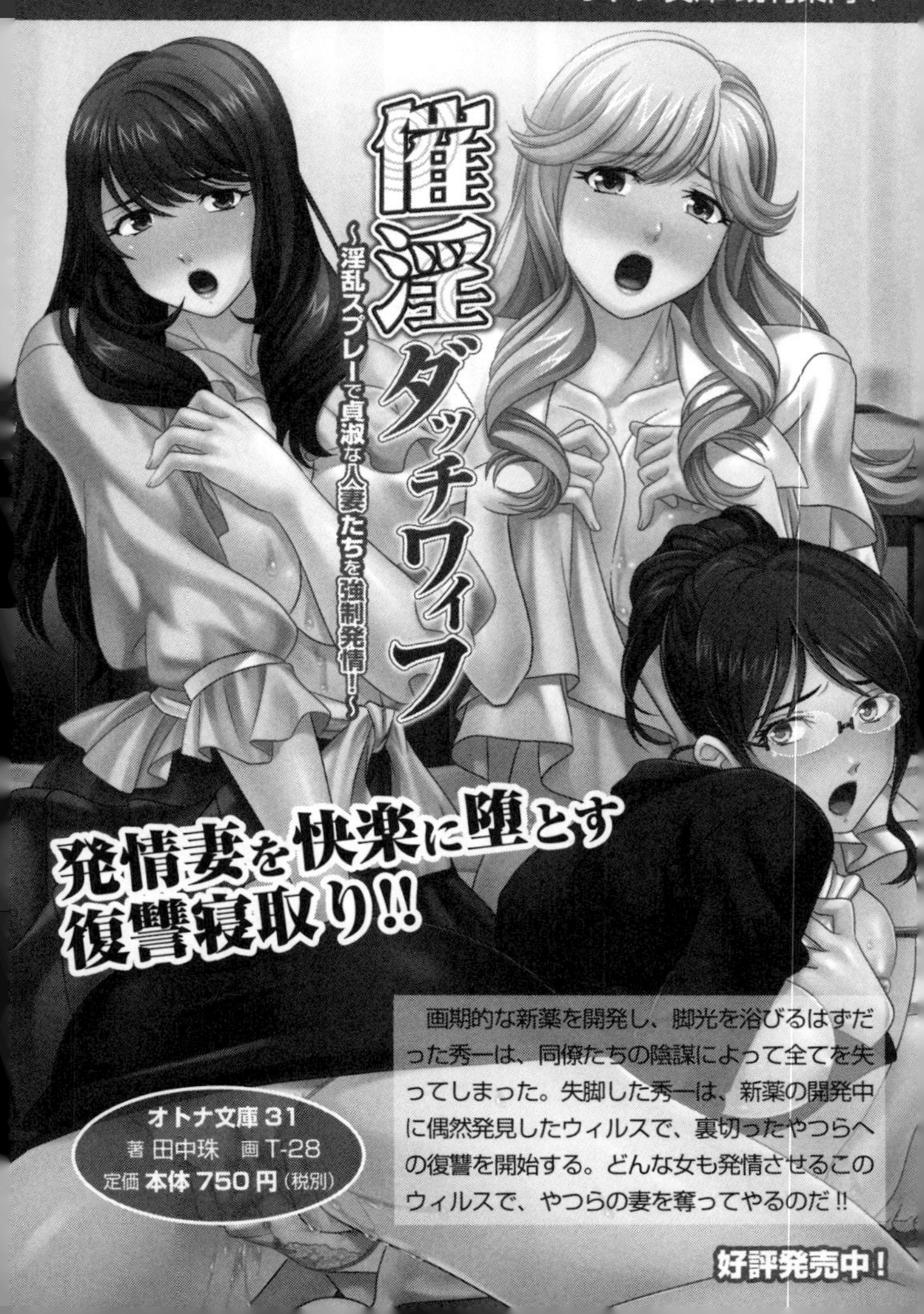
催淫ダッチワイフ
～淫乱スプレーで貞淑な人妻たちを強制発情!～
発情妻を快楽に堕とす
復讐寝取り!!
オトナ文庫 31
著 田中珠　画 T-28
定価 本体 750 円（税別）
画期的な新薬を開発し、脚光を浴びるはずだった秀一は、同僚たちの陰謀によって全てを失ってしまった。失脚した秀一は、新薬の開発中に偶然発見したウィルスで、裏切ったやつらへの復讐を開始する。どんな女も発情させるこのウィルスで、やつらの妻を奪ってやるのだ!!
好評発売中!

この電車で…
巨乳妻は俺のモノを求める
淫乱な牝へと変わる…
人妻公然恥辱電車
〜携帯一つでお触り即ハメし放題他人の妻を粘着種付け寝取り〜
しがない中年独身サラリーマンの森田至は、美しい人妻・高木詩織の胸をうっかり掴んでしまい、彼女の夫から痴漢の冤罪をかけられる。そんな時、老紳士から古ぼけた携帯電話を渡され、復讐の機会を与えられた。至は、さっそく詩織を夫から奪うための行動を開始する！
オトナ文庫41
著 春風栞 画 T-28
定価 本体750円（税別）
好評発売中！

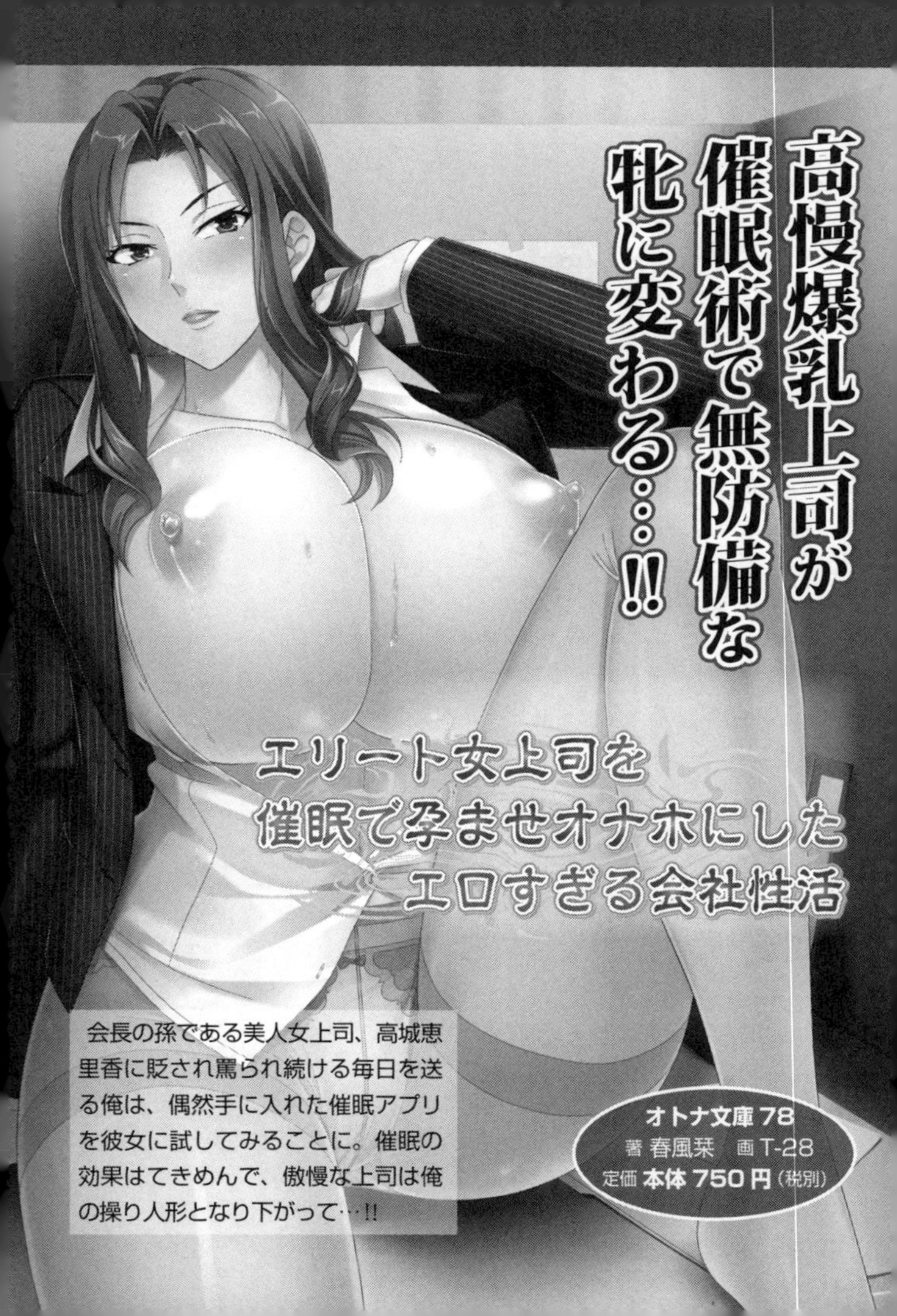
高慢爆乳上司が
催眠術で無防備な
牝に変わる…!!
エリート女上司を
催眠で孕ませオナホにした
エロすぎる会社性活
会長の孫である美人女上司、高城恵里香に貶され罵られ続ける毎日を送る俺は、偶然手に入れた催眠アプリを彼女に試してみることに。催眠の効果はてきめんで、傲慢な上司は俺の操り人形となり下がって…!!
オトナ文庫 78
著 春風栞　画 T-28
定価 本体 750 円（税別）

オトナ文庫88
著 春風栞 画 T-28
定価 本体750円（税別）
俺の専用オナホとなった美人教師と
どこでもヤリまくりの種付け授業♪
男性の生殖能力が急激に低下し、人工授精によって命を繋ぐ世界。体育教師である涼香による過度なシゴキに耐えかねていたが、この世界では稀少な、勃起できる男であることが判明し、俺と彼女の立場は逆転する!!
ドSなスパルタ巨乳女教師を
巨根でドMな孕ませオナホにした
学園性活日誌
好評発売中！

オトナ文庫 94
著 田中珠　画 T-28
定価 本体 750 円（税別）
憧れの年上強気美女が
よがり狂うオナホママに…！
元ヤン人妻をパコって骨抜き穴嫁化
親友の母である京香に想いを抱き、俺は彼女にエロい妄想やイタズラをしては折檻を受ける日々を送っていた。しかしある日、成長した俺の勃起を見た動揺につけ込み、彼女に襲いかかって関係を結ぶことに成功する！
好評発売中！